Kentukis

FÓSFORO

SAMANTA SCHWEBLIN

Kentukis

Tradução do espanhol por
LIVIA DEORSOLA

3ª reimpressão

Antes de ligar o dispositivo, certifique-se de que todos os homens estejam resguardados de suas partes perigosas.

MANUAL DE SEGURANÇA
RETROESCAVADEIRA JCB, 2016

Vai nos falar dos outros mundos entre as estrelas, das outras espécies de homens, das outras vidas?

A mão esquerda da escuridão
URSULA K. LE GUIN

A PRIMEIRA COISA QUE fizeram foi mostrar os peitos. Sentaram-se, as três, na beira da cama, em frente à câmera, despiram as camisetas e, uma por uma, foram tirando os sutiãs. Robin quase não tinha o que mostrar, mas fez mesmo assim, mais atenta aos olhares de Katia e de Amy que à própria brincadeira. Se você quiser sobreviver em South Bend, Robin as tinha ouvido dizer certa vez, melhor ficar amiga das fortes.

A câmera estava instalada nos olhos do bicho de pelúcia, e às vezes ele girava sobre as três rodas escondidas sob sua base, avançava ou retrocedia. Alguém o manipulava de algum outro lugar, elas não sabiam quem era. Era um ursinho panda simples e tosco, embora na verdade parecesse mais uma bola de rúgbi com uma das pontas cortada, o que lhe permitia se manter em pé. Quem quer que fosse do outro lado da câmera tentava segui-las sem perder nada, então Amy o ergueu e o pôs numa banqueta, para que os peitos ficassem na sua altura. O bicho de pelúcia era de Robin, mas tudo que ela tinha era também de Katia e Amy: esse era o pacto de sangue que haviam feito na sexta-feira e que as uniria para o resto de suas vidas. E agora cada uma tinha que fazer seu numerozinho, de modo que voltaram a se vestir.

Amy recolocou o bicho de pelúcia no chão, pegou o balde que ela mesma tinha trazido da cozinha e o pôs em cima dele, tapando-o completamente. O balde se movimentou, nervoso e às cegas, pelo quarto. Chocava-se com cadernos, sapatos e com a roupa espalhada, o que parecia deixar o bicho de pelúcia ainda mais desesperado. Quando Amy simulou que sua respiração se agitava e começou a fazer gemidos de excitação, o balde se deteve. Katia se juntou à brincadeira, e ensaiaram juntas um longo e profundo orgasmo simultâneo.

— Isso não vale como seu número — Amy advertiu Katia, assim que conseguiram parar de rir.

— Claro que não — disse Katia, e saiu em disparada do quarto.

— Preparem-se! — gritou, afastando-se pelo corredor.

Robin não costumava se sentir confortável com aquelas brincadeiras, embora admirasse a desenvoltura com que Katia e Amy agiam, a forma com que falavam com os meninos, como conseguiam que seus cabelos sempre estivessem cheirosos e que as unhas se mantivessem perfeitamente pintadas o dia inteiro. Quando as brincadeiras ultrapassavam certos limites, Robin se perguntava se não estariam pondo-a à prova. Tinha sido a última a entrar no "clã", como diziam elas, e fazia grandes esforços para estar à altura.

Katia voltou ao quarto com sua mochila. Sentou-se na frente do balde e liberou o urso de pelúcia.

— Presta atenção — disse, olhando para a câmera, e os olhos a seguiram.

Robin ficou pensando se ele podia compreendê-las. Parecia escutá-las com perfeição, e elas falavam inglês, que é o que o mundo todo fala. Talvez falar inglês fosse a única coisa boa que existia em ter nascido numa cidade tão terrivelmente entediante como South Bend, e mesmo assim sempre existia a possibilidade de topar com um estrangeiro que não sabia nem perguntar as horas.

Katia abriu a mochila e pegou o álbum de fotos de sua turma de educação física. Amy aplaudiu e gritou:

— Você trouxe a putinha? Vai mostrar?

Katia assentiu. Passou as páginas procurando, ansiosa, a ponta da língua despontando entre os lábios. Quando a encontrou, abriu o álbum e segurou o volume na frente do urso de pelúcia. Robin se aproximou para ver. Era Susan, a menina estranha da aula de biologia que o clã perseguia por esporte.

— Chamam ela de "bunda escorrida" — disse Katia. Franziu os lábios algumas vezes, como fazia cada vez que estava prestes a cometer uma maldade do mais alto gabarito, que era o que o clã exigia.

— Vou te mostrar como fazer dinheiro grátis com ela — disse Katia para a câmera. — Robin, amorzinho, segura o livro enquanto mostro ao cavalheiro a tarefa dele?

Robin se aproximou e segurou o livro. Amy olhava curiosa, não conhecia o roteiro de Katia, que conferiu seu celular até encontrar um vídeo e o colocou na tela, diante do urso. No vídeo, Susan abaixava as meias e a calcinha. Parecia ter sido gravado do chão do banheiro da escola, detrás do vaso sanitário; talvez tivessem posto a câmera entre o cesto de lixo e a parede. Soaram uns peidos e as três riram às gargalhadas e gritaram de prazer quando, antes de puxar a descarga, Susan ficou olhando a própria merda.

— Esta sujeita nada em dinheiro, querido — disse Katia. — A metade para você e a outra metade para nós. É que aqui o clã não pode chantagear ela de novo, já estamos na mira da Direção.

Robin não sabia do que estavam falando, e não era a primeira vez que o clã não a incluía em suas atividades mais ilícitas. Logo o número de Katia acabaria, seria a sua vez, e ela não tinha pensado em nada. Suas mãos transpiravam. Katia pegou seu caderno, um lápis, e anotou alguns dados.

— Aí vão nome completo, telefone, e-mail e endereço da bunda escorrida — disse, e colocou o papel ao lado da foto.

— E como o jovem cavalheiro vai nos dar o dinheiro? — Amy perguntou para Katia, piscando um olho para a câmera, para o suposto cavalheiro. Katia hesitou. — A gente não sabe que porra de cara ele é — disse Amy —, por isso mostramos os peitos a ele, certo?

Katia olhou para Robin, como que pedindo ajuda. Era nesses breves momentos que contavam com ela, quando Katia e Amy, em seus níveis máximos de voluptuosidade, guerreavam entre si.

— Como o cavalheiro vai nos passar o e-mail dele, hein? — continuou zombando Amy.

— Eu sei como — disse Robin.

As duas a olharam, surpresas.

Este seria seu numerozinho, pensou, daria pra quebrar o galho. O urso panda também girou, queria acompanhar o que estava acontecendo. Robin largou o livro, foi até o armário e conferiu as gavetas. Voltou com um tabuleiro da brincadeira do copo e o abriu no chão.

— Sobe — disse.

E o ursinho subiu. As três rodas plásticas que tinha na base morderam sem problema o papel-cartão, e num instante ele estava em cima do tabuleiro. Moveu-se ao longo do abecedário, como se o investigasse. Embora seu corpo ocupasse mais de uma letra por vez, logo se entendia qual era a indicada, oculta entre suas rodas. O ursinho se acomodou sob o arco do abecedário e ali ficou. Era evidente que ele sabia muito bem como funcionava o jogo do copo. Robin pensou no que faria quando as meninas fossem embora e ela tivesse que voltar a ficar sozinha com aquele bicho de pelúcia, agora que tinha exibido a ele os peitos e que tinha mostrado uma forma de se comunicar com ela.

— Incrível — disse Amy.

E Robin deixou escapar um sorriso torcido.

— Qual das três você acha que tem os melhores peitos? — perguntou Katia.

O ursinho se moveu rápido sobre as letras do tabuleiro.

A L O I R A

Katia sorriu orgulhosa, talvez porque soubesse que era verdade.

Como não tivera antes a ideia do truque do jogo do copo, pensou Robin. Fazia mais de uma semana que estava com o urso de pelúcia no quarto, de um lado para o outro. Poderia ter conversado tranquila com ele, quem sabe fosse alguém especial, um menino por quem pudesse se apaixonar, e estava pondo tudo a perder.

— Você aceita o trato da bunda escorrida? — perguntou Katia, mostrando mais uma vez a foto de Susan.

O ursinho se moveu, voltou a escrever.

P U T A S

Robin franziu o cenho, sentiu-se ferida, embora insultá-las falasse a favor de seu ursinho: ela sabia que o que estavam fazendo não era certo. Katia e Amy se entreolharam e sorriram orgulhosas, mostrando a língua ao bicho.

— Que vulgar — disse Amy. — Vamos lá, o que mais o cavalheiro vai nos dizer?

— O que mais somos, meu consoladorzinho? — incitou Katia, jogando-lhe beijinhos sensuais com a mão. — O que mais você gostaria que a gente fosse?

A G R A N A

Acompanhá-lo exigia concentração.

V O C E S V A O M E D A R

As três trocaram olhares.

P E I T O S G R A V A D O S 4 0 0 P / P E I T O S A O 2 4 0 0 D O L L A R

Amy e Katia se olharam por alguns segundos e desataram a rir. Robin estava agarrada à sua camiseta, apertava o tecido com força, tentando um sorriso.

— E você vai cobrar de quem, hein? — perguntou Amy e ameaçou levantar de novo a camiseta.

S E N A O P E I T O S P / E M A I L D A S U S A N

Pela primeira vez, Amy e Katia ficaram sérias. Robin não conseguia decidir de que lado estava, talvez seu ursinho de pelúcia fosse um justiceiro.

— Você pode mostrar o que quiser — disse Amy —, nós temos os melhores peitos da cidade. Nada do que nos envergonhar.

Robin sabia que isso não a incluía. Amy e Katia bateram palmas. Então o ursinho começou a dançar pelo tabuleiro, escrevia sem parar, soletrando palavras que Robin mal chegava a ler.

T E N H O V I D E O S M A E D E R O B I N C A G A N D O E I R M A D E R O B I N S E M A S T U R B A N D O X 6

Era preciso seguir letra por letra, não se podia parar de olhar para ele.

P A I D I Z E N D O C O I S A S P R A M O Ç A D A L I M P E Z A

Amy e Katia observavam fascinadas a dança sobre o tabuleiro, pacientes na espera de cada nova humilhação.

R O B I N P E L A D A E R O B I N F A L A N D O M A L D E A M Y P O R T E L E F O N E

Amy e Katia se entreolharam. Depois olharam para ela, já não sorriam.

ROBINFINGINDOSERAMYESERKATIAEFINGINDOBEIJARELAS

O ursinho continuou escrevendo, mas Amy e Katia pararam de ler. Levantaram-se, juntaram suas coisas e foram embora batendo a porta.

Tremendo, enquanto o ursinho continuava a se mover no teclado, Robin tentava desvendar como diabos se desligava aquele aparelho. Não tinha interruptor, já tinha reparado nisso antes, e, no desespero, não encontrou alternativa. Agarrou-o e, com a ponta de uma tesoura, tentou abrir a base. O urso mexia as rodas, tentava se safar, mas era inútil. Robin não encontrou nenhuma fenda para rasgar, então deixou-o no chão outra vez e ele voltou imediatamente ao tabuleiro. Robin o empurrou para fora num pontapé. O ursinho chiou e ela gritou, porque não sabia que o aparelho podia chiar. Pegou o tabuleiro e o arremessou para o outro lado do quarto. Trancou a porta com chave e voltou a persegui-lo com o balde, como se quisesse capturar um inseto descomunal. Conseguiu tapá-lo e se sentou sobre o balde. Ficou assim por um tempo, segurando-se pelos lados, prendendo o ar toda vez que o ursinho batia no plástico e fazendo força para não chorar.

Quando a mãe a chamou para jantar, ela gritou que não estava se sentindo bem, e que iria para a cama sem comer. Pôs sobre o balde o grande cofre de madeira onde guardava seus cadernos e livros escolares, imobilizando-o. Alguém tinha lhe dito que, se ela não conseguisse quebrá-lo, a única maneira de desligá-lo era esperar que a bateria acabasse. Então abraçou a almofada e se sentou na cama, esperando. Preso no balde, o ursinho continuou chiando por horas, debatendo-se feito uma mosca-varejeira gigante, até que, já chegando a madrugada, o quarto ficou em completo silêncio.

NA TELA APARECEU UM RETÂNGULO. Pedia o número de série, e Emilia suspirou e se acomodou em sua cadeira de vime. Nada a tirava mais do sério do que solicitações como aquela. Pelo menos seu filho não estava ali, contando em silêncio a passagem do tempo enquanto ela procurava os óculos para conferir outra vez as instruções. Sentada na mesinha do corredor, se endireitou na cadeira para aliviar a dor nas costas. Inspirou profundamente, expirou e, verificando cada dígito, inseriu o código do cartão. Sabia que o filho não tinha tempo para bobagens, e ainda assim o imaginou espiando-a de alguma câmera oculta no corredor, aflito com sua ineficiência lá daquele escritório de Hong Kong, tal como teria feito seu marido, se ainda estivesse vivo. Depois de vender o último presente que o filho tinha lhe enviado, Emilia pagou as contas atrasadas do apartamento. Não entendia muito de relógios, nem de bolsas de grife, nem de tênis esportivos, mas tinha vivido o suficiente para saber que qualquer coisa envolta em mais de duas camadas de celofane, enviada em uma caixa aveludada e que requer assinatura e apresentação de documento valia o suficiente para saldar suas dívidas de aposentada, além de deixar muito claro quão pouco um filho podia saber sobre sua mãe. Tinham lhe tirado o filho pródigo quando o rapaz fez dezenove anos, seduzindo-o com remunerações obscenas e o levando de lá para cá. Ninguém ia devolvê-lo mais, e Emilia ainda não tinha decidido em quem jogar a culpa.

A tela voltou a piscar, "Número de série aceito". Não tinha um computador de última geração, mas o seu servia para o uso que lhe dava. A segunda mensagem dizia "conexão de kentuki estabelecida", e em seguida um programa novo se abriu. Emilia franziu o cenho; para que serviam essas mensagens, se eram indecifráveis? Irritavam-na, e quase sempre estavam relacionadas com os dispositivos que seu filho lhe enviava. Para que perder tempo tentando entender aparelhos que nunca voltaria a usar, isso era o que se perguntava toda vez. Olhou a hora. Já eram quase seis. O rapaz telefonaria para perguntar o que tinha achado do presente, então fez um último esforço para se concentrar. Na tela, o programa mostrava agora um teclado de controles, como quando jogava batalha naval no telefone do filho, antes de essa gente de Hong Kong levá-lo embora. Em cima dos comandos, um alerta propunha a ação "acordar". Selecionou-a. Um vídeo ocupou quase toda a tela e o teclado de controles ficou resumido às laterais, simplificado em pequenos ícones. No vídeo, Emilia viu a cozinha de uma casa. Perguntou-se se poderia ser o apartamento de seu filho, embora não fosse o estilo dele, o rapaz nunca teria uma casa tão bagunçada nem entulhada de coisas. Havia revistas sobre a mesa, debaixo de latas de cerveja, xícaras e pratos sujos. Atrás, a cozinha aberta a uma pequena sala, nas mesmas condições.

Ouviu-se um murmúrio suave, como um canto, e Emilia se aproximou da tela para tentar entender. Os alto-falantes eram velhos e barulhentos. O som se repetiu, e ela descobriu que na verdade se tratava de uma voz feminina: estavam falando em outro idioma e ela não compreendia uma única palavra. Emilia entendia inglês — se falassem devagar —, mas isso não parecia inglês de jeito nenhum. Então apareceu alguém na tela, era uma garota de cabelos claros e úmidos. A moça falou outra vez e o programa perguntou, com outro retângulo, se devia habilitar o tradutor. Emilia aceitou o retângulo, selecionou "Spanish" e, quando a garota falou com ela de novo, uma legenda foi escrita sobre a imagem:

"*Está me escutando? Está me vendo?*".

Emilia sorriu. Em sua tela, viu-a se aproximar ainda mais. Tinha olhos azul-claros, uma argola no nariz que não lhe caía nada bem, e um gesto concentrado, como se ela também tivesse dúvidas sobre o que estava acontecendo.

— *Yes* — disse Emilia.

Foi tudo o que se animou a dizer. É como falar por Skype, pensou. Perguntou-se se o filho a conhecia e rezou para que não fosse namorada dele, porque, em geral, não se dava bem com as mulheres decotadas demais, e não era preconceito, eram sessenta e quatro anos de experiência.

— Oi — disse, só para comprovar que a garota não podia ouvi-la. A garota abriu um manual do tamanho de suas mãos, aproximou-o do rosto e ficou lendo por um tempo. Talvez usasse óculos, mas tivesse ficado com vergonha de colocá-los na frente da câmera. Emilia ainda não tinha entendido o que era aquilo, embora fosse preciso aceitar que começava a sentir certa curiosidade. A garota lia e assentia, dando uma espiada nela a cada tanto por cima do manual. Por fim pareceu ter tomado uma decisão, baixou o manual e falou em seu idioma ininteligível. O tradutor escreveu na tela: *"Feche os olhos"*.

A ordem a surpreendeu, Emilia endireitou-se na cadeira. Fechou os olhos por um momento e contou até dez. Quando os abriu, a garota ainda a observava, como que esperando algum tipo de reação. Então viu na tela de controle uma nova janela que, solícita, oferecia a opção "dormir". Será que o programa tinha um detector de instruções? Emilia selecionou a opção e a tela ficou preta. Ouviu a garota festejar e aplaudir e falar com ela outra vez. O tradutor escreveu: *"Abra! Abra!"*.

O teclado ofereceu uma nova opção: "acordar". Quando Emilia a selecionou, o vídeo voltou a funcionar. A garota sorria para a câmera. É uma baboseira, pensou Emilia, embora reconhecesse que tinha lá sua graça. Havia algo de emocionante, ela ainda não conseguia entender exatamente o quê. Selecionou "avançar" e a câmera se moveu alguns centímetros na direção da garota, que sorriu divertida. Viu que ela aproximou o dedo indicador devagar, bem devagar, até quase tocar a tela, e voltou a ouvi-la falar.

"Estou encostando no seu nariz."

As letras do tradutor eram grandes e amarelas, podia vê-las confortavelmente. Acionou "voltar" e a garota repetiu o gesto, visivelmente intrigada. Estava claro que também era a primeira vez para ela, e que em hipótese nenhuma a estava julgando por sua falta de conhecimento. Compartilhavam a surpresa de uma experiência nova, e Emilia gostou disso. Deu o comando "voltar" outra vez, a câmera se afastou e a garota aplaudiu.

"*Espere.*"

Emilia esperou. A garota se afastou e ela aproveitou para acionar "esquerda". A câmera girou e assim ela viu melhor como era pequeno o apartamento: um sofá e uma porta para o corredor. A moça recomeçou a falar, não estava mais enquadrada, mas o tradutor transcreveu para o espanhol mesmo assim:

"*Esta é você*".

Emilia girou até sua posição original e ali estava outra vez a garota. Segurava uma caixa de uns quarenta centímetros na altura da câmera. A tampa estava aberta e dizia "kentuki". Emilia demorou a entender o que estava vendo. A face dianteira da caixa era quase toda de celofane transparente, dava para ver que estava vazia, e nas laterais havia fotos de perfil, de frente e de costas de um bicho de pelúcia rosa e preto, um coelho rosa e preto que mais parecia uma melancia que um coelho. Com os olhos saltados e duas longas orelhas amarradas na parte superior. Uma fivela em formato de osso as unia, mantendo-as erguidas por uns poucos centímetros, e depois elas caíam lânguidas para os lados.

"*Você é uma coelhinha linda*", disse a garota. "*Você gosta de coelhinhos?*"

HAVIA BOSQUES E ARVOREDOS, que começavam a alguns metros desta grande residência onde eles tinham sido hospedados, e a luz forte e branca em nada lembrava os tons ocre de Mendoza. Isso era bom. Isso era o que ela queria havia alguns anos, mudar de lugar, ou de corpo, ou de mundo, o que quer que pudesse acontecer. Alina olhou o "kentuki" — assim o apresentavam na caixa e assim o chamavam no manual do usuário. Estava no chão, sobre o carregador, ao lado da cama. A luz do display da bateria ainda vermelha, e as instruções diziam que, na primeira vez, era preciso carregar a bateria por ao menos três horas. De modo que tinha que esperar. Pegou uma mexerica da travessa e passou pela sala descascando-a, assomando-se de quando em quando à pequena janela da cozinha para ver se alguém entrava ou saía dos ateliês. O de Sven era o quinto, ela ainda não havia descido para conhecê-lo. Nunca o tinha acompanhado a uma de suas residências artísticas, por isso media os próprios movimentos, tomando cuidado para não o incomodar nem invadir seu espaço. Propusera-se a fazer o necessário para que ele não se arrependesse de tê-la convidado.

Era ele quem ganhava as bolsas, quem ia daqui para lá com suas grandes xilogravuras monocromáticas, "abrindo a arte ao povo", "levando tinta à alma", "um artista com raízes". Ela não tinha um plano, nada que a sustentasse nem a protegesse. Não estava certa de conhecer a si própria nem tampouco sabia o que viera fazer neste mundo. Ela era a mulher dele. A mulher do professor, como a chamavam ali no pequeno vilarejo de Vista Hermosa. Então, quando algo verdadeiramente novo acontecia em sua vida, por mais que parecesse uma bobagem, como parecia ser essa insólita descoberta dos kentukis, tinha que guardá-lo para si, ao menos até entender de fato o que estava fazendo. Ou até entender por que, desde que tinha chegado a Vista Hermosa, não parava de olhar tudo com tanto estranhamento, e de se perguntar o que ia fazer com sua vida para que o tédio e o ciúme não acabassem deixando-a louca.

Tinha comprado o kentuki em Oaxaca, a uma hora do vilarejo, depois de perambular até se fartar entre lojas de rua e casas de design cheias de coisas pelas quais não podia pagar. Podia, sim — corrigia a si mesma toda vez que pensava desse jeito: o acordo era que ela o acompanharia às residências e, em troca, Sven pagaria os gastos, embora nem bem haviam dado a primeira volta e ela já o tivesse visto consultar a conta bancária vezes demais, combinando silêncios com alguns suspiros.

No mercado, caminhara entre as barracas de frutas, especiarias e máscaras, evitando olhar como, pendurados vivos pelas patas, os gansos e as galinhas se sacudiam em silêncio, exaustos na própria agonia. Na parte de trás tinha encontrado um local envidraçado, estranhamente branco e limpo entre tantas barracas de rua. As portas automáticas se abriram, ela entrou e, quando se fecharam, o barulho ficou levemente amortecido. Alina agradeceu o suave ronronar do ar-condicionado e que os funcionários parecessem estar ocupados atendendo outros clientes ou fazendo reposições: ela estava a salvo. Tirou o lenço, ajeitou os cabelos e avançou entre gôndolas de eletrodomésticos, aliviada de poder andar entre tantas coisas de que não precisava. Passou pelas cafeteiras e pela seção de barbeadores e parou alguns metros adiante. Foi quando os viu pela primeira vez. Havia uns quinze, vinte deles, empilhados em caixas. Não eram simples bonecos, isso estava claro. Para que as pessoas pudessem vê-los, vários modelos estavam fora das caixas, ainda que suficientemente no alto, para que ninguém conseguisse alcançá-los. Alina pegou uma das caixas. Eram brancas e de design impecável, como as do iPhone e do iPad de Sven, só que maiores. Custavam 279 dólares, era bastante dinheiro. Não eram bonitos, e ainda assim havia algo sofisticado que não conseguia desvendar. O que eram, exatamente? Deixou a bolsa no chão e se agachou para vê-los melhor. As imagens das caixas mostravam diferentes tipos de animais. Havia toupeiras, coelhos, corvos, pandas, dragões e corujas. Mas não havia dois iguais, mudavam as cores e as texturas e alguns estavam customizados. Conferiu outras caixas mais, com muita atenção, até separar mentalmente cinco. Depois avaliou essas cinco e pegou duas. Agora tinha que decidir, e se perguntou que tipo de decisão estava tomando. Uma caixa dizia "crow/krähe/乌鸦/corvo", outra dizia "dragon/drache/龙/dragão". A câmera de vídeo do corvo podia enxergar em lugares escuros, mas ele não era impermeável. O dragão era, e podia oferecer fogo, mas ela não fumava, Sven também não. Gostava do dragão porque parecia menos rudimentar, mas achava que o corvo tinha mais a ver com ela. E esse era o tipo de associação que não tinha certeza se devia fazer para essa compra. Lembrou a si mesma de que custavam 279 dólares e deu alguns passos para trás. No entanto, pensou, ainda estava com a caixa nas mãos. Ia comprá-lo de todo modo, porque sim, e com o cartão de Sven, já quase podia escutá-lo suspirando enquanto conferia a conta. Levou o corvo até os mostradores, atenta ao impacto dessa decisão em seu ânimo, e concluiu que essa compra podia mudar algumas coisas. Embora não soubesse exatamente o quê, nem se estava levando o kentuki certo. O funcionário que a atendeu, mal chegava a ser um adolescente, cumprimentou-a entusiasmado quando viu que ela se aproximava com um deles.

— Meu irmão tem um — disse — e eu estou economizando para o meu, são fantásticos.

Ele usou essa palavra, "fantásticos". E pela primeira vez ela duvidou, não da compra, mas de ter escolhido o corvo, até que o garoto, com um sorriso, pegou a caixa de suas mãos e o código de barras soou claro e irreversível. Ele lhe deu um cupom para a compra seguinte e lhe desejou um ótimo dia.

De volta a Vista Hermosa, mal entrou no quarto, tirou as sandálias e se jogou por um momento na cama, com os pés sobre o travesseiro de Sven. A caixa do kentuki estava perto, ainda fechada, e ela se perguntou se, uma vez aberta, poderia devolvê-la. Depois de uns minutos, já mais composta, sentou-se e a pôs sobre as pernas.

Tirou as etiquetas de segurança e abriu o pacote. Cheirava a tecnologia, plástico e algodão. E havia algo emocionante nisso, a distração milagrosa de soltar cabos novos e minuciosamente amarrados, de arrancar o celofane de dois tipos diferentes de adaptador, de acariciar o plástico sedoso do carregador.

Deixou tudo de lado e tirou o kentuki. Era um boneco bem feio, um grande corvo rígido de pelúcia cinza e preta. Pregado na barriga feito uma gravata volumosa, um plástico amarelo se fazia de bico do corvo. Achou que os olhos eram pretos, mas vendo-o com mais atenção entendeu que estavam fechados. Tinha três rodas de borracha lisa ocultas sob o corpo — uma na frente e duas atrás —, e as asas, pequenas e coladas ao corpo, pareciam ter certa independência. Talvez se mexessem ou se balançassem. Calçou o boneco no carregador e esperou que a luz de contato se acendesse. Tremeluzia a cada tanto, como se buscasse sinal, depois se apagava outra vez. Alina ficou na dúvida se era preciso conectar ao wifi, mas releu o manual e confirmou o que já achava ter lido na caixa, o 4G/LTE se ativava automaticamente, a única coisa que ficava sob a responsabilidade do usuário era deixar o kentuki sobre o carregador. A compra incluía um ano grátis de dados móveis e não era necessário instalar nem configurar nada. Sentada na cama, ficou por um tempo consultando o manual. Por fim encontrou o que procurava: na primeira vez que o "amo" de um kentuki punha o dispositivo para carregar, devia ter "paciência de Amo": tinha que esperar o kentuki se conectar aos servidores centrais e que ele se linkasse com outro usuário, alguém em alguma outra parte do mundo que desejasse "ser" kentuki. Dependendo da velocidade da conexão, estimava-se um tempo entre quinze e trinta minutos de espera para que a instalação do software em ambas as interfaces se concretizasse. Pedia-se que não se desconectasse o kentuki até então. Decepcionada, Alina conferiu outra vez o conteúdo da caixa. Achou estranho que, além do carregador e do manual, não tivesse vindo nenhum dispositivo para controlar o kentuki. Entendia que funcionava de forma autônoma — comandado por esse outro usuário "ser" —, mas nem ao menos poderia ligá-lo ou desligá-lo? Folheou o índice do manual. Quis saber se não havia parâmetros de seleção desse outro usuário que seria seu kentuki, características que ela pudesse personalizar, e embora tenha procurado várias vezes no índice, e também passado os olhos por algumas páginas, não encontrou nenhuma pista. Fechou o manual preocupada e foi se servir de algo gelado.

Pensou em mandar uma mensagem para Sven, ou criar ânimo para passar pelo ateliê. Precisava verificar como iam as coisas desde que, alguns dias antes, tinham mandado a ele uma ajudante para o processo de estamparia. Eram obras grandes e o papel úmido era muito pesado para uma pessoa só. "Fica aparecendo a definição da linha", protestava Sven, até que sua galerista teve a brilhante ideia de conseguir uma ajudante para ele. Cedo ou tarde teria que visitar o ateliê e conferir o que estava sendo tramado. Da cama, olhou o display do carregador: a luz estava verde, não tremulava mais. Sentou-se ao lado do aparelho com o manual nas mãos e ficou lendo um pouco mais as instruções. De vez em quando olhava para o bicho de pelúcia, comprovando ou memorizando detalhes. Esperava algum tipo de tecnologia japonesa de última geração, um passo a mais na direção desse robô doméstico sobre o qual tinha lido desde que era menina nas revistas do jornal de domingo, mas concluiu que não havia nada novo: o kentuki não passava de um cruzamento de bicho de pelúcia articulado com um celular. Tinha uma câmera, um pequeno microfone e uma bateria que durava entre um ou dois dias, dependendo do uso. Era um conceito velho somado a uma tecnologia que também parecia velha. E ainda assim o cruzamento era engenhoso. Alina pensou que logo haveria um pequeno boom de animaizinhos como aquele e que, desta vez, caberia a ela ser desses primeiros grupos de usuários que toleram, condescendentes, o entusiasmo dos novos fãs. Aprenderia um truque básico e daria um susto em Sven assim que ele voltasse, pensaria em alguma travessura.

Quando a conexão do K0005973 finalmente se estabeleceu, o kentuki se moveu e Alina deu um pulo e ficou de pé. Era um movimento esperado e que mesmo assim a pegou de surpresa. O kentuki desceu da plataforma do carregador, avançou para o centro do quarto e parou. Ela se aproximou mantendo certa distância. Deu uma volta ao redor dele, mas o bicho de pelúcia não se mexeu mais. Então ela percebeu que ele estava com os olhos abertos. A câmera está ligada, pensou. Pôs a mão em sua calça jeans, era um milagre que não estivesse só de calcinha e sutiã dentro do quarto. Pensou em desligá-lo até decidir o que fazer, e se deu conta de que não sabia como. Ela o ergueu. Não se via nenhum interruptor no kentuki, nem na base. Deixou-o de novo no chão e ficou olhando para ele por um tempo. O kentuki também a olhava. Ia mesmo falar com ele? Assim, sozinha no quarto? Limpou a garganta. Aproximou-se ainda mais e se agachou diante dele.

— Olá — disse Alina.

Passaram-se alguns segundos, e então o kentuki avançou até ela. Que bobagem, pensou, mas no fundo estava curiosa.

— Quem é você? — perguntou Alina.

Precisava saber que tipo de usuário era o dela. Que tipo de pessoa escolheria "ser" kentuki em vez de "ter" um kentuki? Pensou que também podia ser alguém que se sentia sozinho, alguém como sua mãe, na outra extremidade da América Latina. Ou um velho babão misógino, ou um depravado, ou alguém que não fala espanhol.

— Oi? — perguntou Alina.

O kentuki parecia não conseguir falar. Ela se sentou outra vez diante dele e se esticou para recuperar o manual. No parágrafo "primeiros passos", buscou uma sugestão para esse primeiro intercâmbio. Quem sabe se propusessem perguntas que pudessem ser respondidas com um sim ou com um não, ou fossem sugeridos códigos iniciais, tipo o kentuki responder "sim" virando a cabeça para a esquerda e "não" virando para a direita. Será que o usuário kentuki "ser" tinha o mesmo manual que ela? Não encontrou nada além de questões técnicas, conselhos sobre o cuidado e a manutenção do dispositivo.

— Dá um passo à frente se você estiver me escutando — disse Alina.

O kentuki avançou uns centímetros e ela sorriu.

— Dá um passo para trás quando quiser dizer "não".

O kentuki não se mexeu. Era divertido. De repente viu com clareza o que queria perguntar. Precisava saber se era homem ou mulher, que idade tinha, onde vivia, com o que trabalhava, quais eram seus interesses. Precisava julgar e, com urgência, decidir que tipo de "ser" era o seu. O kentuki estava ali, olhando para ela, talvez tão ansioso para responder quanto ela para perguntar. Então pensou que seu corvo poderia ciscar em sua intimidade abertamente, ele a veria de corpo inteiro, conheceria o tom de sua voz, sua roupa, seus horários, poderia percorrer o quarto livremente e de noite conheceria também Sven. A ela, em compensação, só restaria perguntar. O kentuki podia não responder, ou podia mentir. Dizer que era uma colegial filipina e ser um petroleiro iraniano. Podia, num acaso insólito, ser alguém que ela conhecesse e não confessar isso nunca. Em troca, ela devia mostrar sua vida inteira, e de forma transparente, tão disponível quanto estivera para aquele pobre canário de sua adolescência que tinha morrido olhando para ela, pendendo da gaiola no centro do quarto. O kentuki chiou e Alina o olhou com o cenho franzido. Foi um chiado metálico, como o que faria um filhote de águia dentro de uma lata vazia.

— Um momento — disse ela. — Preciso pensar.

Levantou-se, foi até a janela que dava para os ateliês e se assomou para ver o teto do estúdio de Sven. Talvez desesperado pela espera, o kentuki voltou a chiar. Alina o escutou se mover, viu-o se aproximar dela, balançando-se às vezes por causa das imperfeições da madeira do piso. Deteve-se perto dela. Ficaram assim, se olhando. Até que um barulho nos ateliês a distraiu, e ela se virou outra vez para a janela. Lá fora pôde ver que a nova assistente de Sven estava saindo. A garota ria, fazia gestos para o ateliê, talvez para alguém que, do lado de dentro, festejava suas brincadeiras, alguém que continuava cumprimentando-a enquanto ela, se afastando, continuava se virando para vê-lo. Alina sentiu umas batidinhas nos pés. O kentuki estava grudado nela, com a cabeça totalmente virada para cima, para poder vê-la. Ela se agachou e o ergueu. Era pesado, pareceu-lhe inclusive mais pesado que quando o tinha tirado da caixa. Pensou no que aconteceria se o soltasse. Se a conexão se perderia com esse usuário particular, se o boneco se desconectaria definitivamente ou se estaria preparado para sobreviver a certos acidentes. Os olhos piscaram sem tirar a vista de cima dela. Era bonitinho que não falasse. Uma boa decisão dos fabricantes, pensou. Um "amo" não quer saber o que seu animal de estimação pensa. Em seguida entendeu que era uma armadilha. Conectar-se com esse outro usuário, averiguar quem era, também dizia muito sobre a pessoa. Em última análise, o kentuki sempre terminaria sabendo mais dela que ela dele, isso era fato, mas ela era sua *ama*, e não permitiria que o bicho de pelúcia fosse mais que um animal de estimação. No fim das contas, um animal de estimação era tudo de que ela precisava. Não lhe faria nenhuma pergunta, e sem suas perguntas o kentuki dependeria somente de seus movimentos, seria incapaz de se comunicar. Era uma crueldade necessária.

Deixou o corvo no chão, olhando outra vez para o quarto, e lhe deu um empurrãozinho para a frente. O kentuki compreendeu: desviou-se dos pés das cadeiras e da mesa, passou por baixo da cômoda e se afastou devagar em direção ao carregador.

SENTADO NA CADEIRA DA ESCRIVANINHA do pai, Marvin balançava os pés, que não chegavam a tocar o chão. Durante a espera, desenhava caracóis na margem das anotações do colégio e de vez em quando conferia a mensagem de seu tablet, que havia mais de dez minutos anunciava "Estabelecendo conexão". Embaixo, avisava "Este procedimento poderá demorar". Era um aviso aos que nunca tinham ligado um kentuki. Marvin, em compensação, já fora testemunha das emocionantes primeiras conexões de dois de seus amigos. Sabia bem que passos seguir.

Uma semana antes, quando o pai descobriu suas verdadeiras notas, lhe fez prometer que ficaria no escritório três horas por dia, rodeado de livros, estudando. Marvin havia dito "juro perante Deus ficar três horas por dia na frente da escrivaninha, rodeado de livros", mas não dissera nada sobre estudar, de modo que não estava quebrando nenhum juramento, e seu pai demoraria meses para descobrir que ele tinha instalado um kentuki no tablet, se é que ele voltaria a ter tempo para descobrir algo novo sobre o filho. Marvin comprara o aplicativo usando a conta-poupança da mãe. Era dinheiro digital, o dinheiro que mais dura para os mortos. Marvin já tinha utilizado essa conta outras vezes e começava a suspeitar que nem sequer seu pai sabia de sua existência.

Por fim o número de série foi aceito. Marvin deu um pulo na cadeira e se inclinou sobre a tela. Não sabia como, do tablet, funcionaria um kentuki. Seus amigos que já eram kentukis — um em Trinidad e o outro em Dubai — os controlavam com visores, era assim que ele tinha aprendido a usá-los, e temia que em seu velho tablet a experiência não fosse igual. Na tela, a câmera se ativou e ficou em branco. "Dragão, dragão, dragão", murmurou Marvin com os dedos cruzados. Queria ser dragão, embora soubesse que devia estar aberto ao que viesse. Seus amigos também quiseram ser dragões e Deus soubera melhor que eles do que cada um realmente precisava: o que era coelho passava o dia inteiro no quarto de uma mulher que, à noite, deixava que ele a observasse enquanto ela tomava banho. O que era uma toupeira passava doze horas por semana em um apartamento do qual se podia ver a costa turquesa do golfo Pérsico.

Em seu tablet, a tela continuava em branco, e Marvin demorou a entender que o problema era que a câmera do kentuki estava de frente para uma parede: não conseguia ver nada, pois estava perto demais para focar. Moveu-se para trás. O aplicativo no tablet era quase tão bom quanto nos visores, e ainda assim era difícil deduzir onde estava. Girou e por fim viu algo: quatro aspiradores de pó compactos alinhados um atrás do outro, quase tão altos quanto seu kentuki. Eram brilhantes e modernos, sua mãe teria adorado. Quando se movimentou para o outro lado entendeu: a quarta parede era de vidro e dava para a rua, estava em uma vitrine. Era noite, e do lado de fora alguém passou encapuzado, tão coberto que Marvin nem ao menos conseguiu presumir sua idade, ou se tratava-se de um homem ou de uma mulher. E então a viu, a neve. Estava nevando! Marvin balançou os pés sob a escrivaninha. Seus amigos tinham o que tinham, mas nenhum tinha neve. Nenhum jamais havia tocado a neve, e ele podia vê-la agora com toda clareza. "Algum dia vou te levar para ver a neve" — sua mãe costumava prometer, mesmo antes de Marvin saber o que era neve. "Quando tocar nela, as pontas dos seus dedos vão doer", e ameaçava fazer cosquinhas nele.

Buscou um meio de sair da vitrine. Girou em torno dos aspiradores e averiguou os quatro cantos que o rodeavam. Na rua, uma senhora parou um momento para olhá-lo. Marvin tentou grunhir e conseguiu um ruído suave e triste, tão incômodo que mais parecia um transformador queimado que o grito de um dragão. Com que animal ele tinha caído? A senhora seguiu seu caminho. Marvin tentou empurrar um dos aspiradores. Eram muito pesados e ele só conseguiu virá-los um pouco. Foi até o vidro, onde tinha estado um instante procurando seu reflexo sem conseguir que a luz estivesse a seu favor, e ficou olhando como os flocos caíam e viravam água assim que tocavam o chão. Quanto mais teria que nevar para que a neve se acumulasse e tudo ficasse completamente branco?

Em seu tablet, Marvin treinou algumas vezes os atalhos para mudar rapidamente do controle do kentuki para a Wikipedia, no caso de seu pai entrar no cômodo. Depois ficou olhando a foto da mãe, que pendia entre o velho crucifixo de madeira do pai e um santinho de Nossa Senhora das Mercês. Talvez Deus estivesse esperando o momento certo para revelar que tipo de animal tinha caído para ele. Inclinou-se outra vez sobre a tela. Na vitrine, bateu a testa do kentuki contra o vidro e ficou olhando a rua vazia. Descobriria como sair dali, pensou. Não aceitaria, ao menos não nesta outra vida, ficar preso de novo.

— PARE DE ME OLHAR ASSIM — disse Enzo —, pare de me perseguir pela casa feito um cachorro.

Tinham lhe explicado que o kentuki era "alguém", então sempre o tratava com formalidade. Se o kentuki andava entre suas pernas, Enzo protestava, mas era só brincadeira, começavam a se dar bem. Embora nem sempre tenha sido assim, no começo foi difícil se acostumar, e, para Enzo, sua simples presença era suficiente para incomodá-lo. Era um inverno cruel, o menino nunca tinha nada para fazer e ele tinha que andar o dia inteiro desviando de um bicho de pelúcia pela casa. Sua ex-mulher e a psicóloga do menino tinham lhe explicado, juntas, em um "tribunal de mediação", enumerando em detalhes por que ter um desses aparelhos seria bom para o filho. "É um passo a mais para a integração do Luca", dissera a ex-mulher. Sua sugestão de adotar um cachorro as deixou atônitas: Luca já tinha um gato na casa da mãe, o que ele precisava então era de um kentuki na casa do pai. "Temos que explicar tudo de novo?", tinha perguntado a psicóloga.

Na cozinha, Enzo juntou suas ferramentas para o viveiro e saiu para o jardim de trás. Eram quatro da tarde e o céu de Umbertide estava cinzento e escuro, não faltava muito para que caísse a chuva. Escutou que, dentro da casa, a toupeira dava golpes na porta. Não demoraria em alcançá-lo outra vez.

Tinha se acostumado com sua companhia. Comentava com ele as notícias e, quando se sentava para trabalhar um pouco, punha-o na mesa e o deixava circular entre suas coisas. A relação o fazia lembrar da que seu pai tivera com o cachorro, e às vezes, apenas para si mesmo, Enzo imitava alguns ditados dele, o modo como punha as mãos na cintura depois de lavar os pratos ou varrer, a forma carinhosa com que se queixava, sempre com um meio sorriso, enquanto se divertia repetindo "Pare de me olhar assim! Pare de me perseguir pela casa toda feito um cachorro!".

Mas a relação do kentuki com o menino não estava funcionando. Luca dizia que odiava que ele o seguisse, que se enfiasse no quarto "fuçando nas suas coisas", que o olhasse feito um bobo o dia todo. Tinha verificado que, se conseguisse fazer com que sua bateria acabasse, o "ser" e o "amo" se desvinculavam, e o aparelho não podia mais ser reutilizado. "Nem pense nisso", tinha-o ameaçado Enzo, "sua mãe mata a gente." A simples ideia de fazer com que a bateria se esgotasse deixava o menino radiante. Divertia-se prendendo-o no banheiro ou criando armadilhas para que ele não pudesse chegar até o carregador. Enzo já estava acostumado a acordar no meio da noite, ver a luz vermelha tremulando perto do chão e o kentuki batendo contra os pés da cama, implorando para que alguém o ajudasse a encontrar a base do carregador. A toupeira sempre inventava um jeito de avisá-lo. E Enzo, se não quisesse outro tribunal de mediação, tinha que mantê-lo vivo. Porque embora a guarda fosse compartilhada, sua ex-mulher já tinha ganhado toda a simpatia da psicanalista, de modo que era melhor que nada acontecesse ao bendito kentuki.

Revolveu a terra e acrescentou adubo. O viveiro era da ex-mulher, e foi a última coisa pela qual brigaram antes do divórcio. Às vezes se lembrava disso e achava graça que tivesse ficado em suas mãos. Nunca tinha prestado atenção em como era agradável a terra daqueles canteiros. Agora gostava de sentir o perfume e a umidade, a ideia de um mundo pequeno obedecendo suas decisões com um silêncio aberto e vital. Isso o relaxava, ajudava-o a tomar um pouco de ar. E tinha comprado todo tipo de coisa: regadores, inseticidas, medidores de umidade, pás e rastelos médios e pequenos.

Ouviu a porta de tela ranger de leve e se fechar. Bastava empurrá-la para que abrisse, e a toupeira parecia gostar dessa autonomia. Afastava-se em seguida para que o vaivém da porta não a atingisse ao voltar. Às vezes não conseguia e, quando a porta voltava com toda a força, jogava-a um pouco mais adiante. Então reclamava, emitindo um grunhido suave, até que Enzo chegava para ajudá-la. Desta vez tinha caído de pé. Enzo esperou que se aproximasse.

— O que está fazendo? — disse. — Um dia eu não vou mais estar aqui e ninguém vai ficar levantando o senhor.

O kentuki avançou até encostar em seus sapatos e em seguida retrocedeu alguns centímetros.

— O que foi?

O kentuki o olhou. Tinha terra no olho direito e Enzo se agachou e soprou para tirá-la.

— Como anda o manjericão? — perguntou Enzo.

O kentuki girou e se afastou com rapidez. Enzo continuou acrescentando adubo na terra, atento ao pequeno motor, que acelerou e saiu do viveiro, e ao salto que as rodas costumavam dar contra as bordas de algumas lajotas do quintal. Com isso ganharia uns minutos, pensou. Foi até o tanque buscar a tesoura e, ao voltar, o kentuki já estava outra vez ali, esperando por ele.

— Está faltando água?

O kentuki não se mexeu nem fez ruído nenhum. Era algo que Enzo o havia ensinado, um pacto de comunicação: a ausência de gesto equivalia a "não", um ronronar equivalia a "sim". Um movimento curto era uma invenção do kentuki que Enzo não entendia direito. Parecia confusa e variável. Às vezes podia ser um gesto como "Siga-me, por favor", outras vezes podia significar "Não sei".

— E a pimenteira? O broto que nasceu na quinta-feira sobreviveu?

O kentuki se afastou de novo. Era alguém velho. Ou era alguém que gostava de dizer que era velho. Enzo sabia disso porque lhe fazia perguntas, era como uma brincadeira, e a toupeira adorava. Tinha que brincar de tempos em tempos, como quando se dá banho no cachorro, ou se troca a areia do gato. Tentavam brincar enquanto Enzo bebia sua cerveja, recostado na espreguiçadeira na frente do viveiro. Quase não lhe dava trabalho pensar nas perguntas. Às vezes, inclusive, fazia as perguntas e nem sequer prestava atenção na resposta. Fechava os olhos entre um gole e outro de cerveja, deixava-se capturar pelo sono e o kentuki tinha que bater no pé da cadeira para que ele continuasse.

— Sim, sim... Estou pensando — dizia Enzo. — Vamos ver; com o que a toupeira trabalha? É cozinheiro?

A toupeira ficava imóvel, o que claramente significava um "não".

— Trabalha na colheita da soja? É professor de esgrima? Tem uma fábrica de velas?

Nunca ficava muito claro qual era a resposta, nem se ela era totalmente verdadeira ou apenas indicava que estava próxima. Com o passar dos dias, Enzo comprovou que quem quer que fosse que passeava por sua casa dentro desse kentuki tinha viajado muito, mas até aquele momento os lugares que visitara não eram nenhum dos que ele mencionara. Também sabia que se tratava de um homem adulto, embora não estivesse bem claro quantos anos tinha. Às vezes não era francês nem alemão, e outras vezes era as duas coisas, então Enzo achava que talvez fosse alsaciano, e gostava de deixar que o kentuki girasse em círculos, clamando, desesperado, por essa opção intermediária que já estava no ar e que Enzo se policiava para não pronunciar jamais: Alsácia.

— Gosta de Umbertide? — perguntava. — Gosta da cidadezinha italiana, do sol, dos vestidos floridos, das bundas enormes de nossas mulheres?

Então o kentuki corria ao redor da espreguiçadeira, ronronando no máximo volume.

Em algumas tardes Enzo o levava consigo no carro e o deixava na janela traseira, olhando para trás o percurso todo, até as aulas de tênis de Luca, até o supermercado onde fazia as compras e na volta para a casa.

— Veja que mulheres — dizia Enzo —; de onde será uma toupeira que nunca viu mulheres como estas?

E a toupeira ronronava repetidas vezes, quem sabe se de fúria, quem sabe se de felicidade.

VÁRIOS ANOS ANTES, seu filho também lhe dera o computador, enviado de Hong Kong e embrulhado em papel-celofane. Outro presente que, ao menos no começo, trouxera a Emilia mais desgostos que alegrias. O plástico branco da carcaça desbotara e poderia se dizer que agora já tinham se acostumado um ao outro. Emilia ligou-o, pôs os óculos, e o controlador do kentuki se abriu automaticamente. Na tela, a câmera apareceu inclinada, como se estivesse caída. Logo reconheceu o mesmo apartamento da garota decotada. A câmera estava deitada ao rés do chão. Só quando levantaram o kentuki foi que Emilia viu o lugar de onde acabavam de tirá-la e entendeu que a tinham deixado numa casinha de cachorro. Uma casinha felpuda cor fúcsia com pintinhas brancas. A garota falou e as legendas amarelas do tradutor apareceram imediatamente na tela.

"*Bom dia.*"

Os seios estavam bem ajustados em um top azul-claro, e ela ainda estava usando a argola no nariz. Emilia havia perguntado ao filho que relação ele tinha com aquela garota e ele dissera que nenhuma, e começou de novo a explicar como funcionavam os kentukis e a lhe fazer perguntas sobre o que ela havia visto e em que cidade fora designada e como a tinham tratado. Era uma curiosidade desconfiada, em geral o filho não se interessava nem um pouco pela vida da mãe.

— Tem certeza de que você é um coelho? — voltou a perguntar. Emilia se lembrava de ter ouvido algo como "linda coelhinha", lembrava-se da caixa que a garota lhe mostrara e entendia, agora que alguém tinha se dado ao trabalho de explicar, que o que ela estava controlando era um bicho de pelúcia com a forma de um animal. Seriam animais do horóscopo chinês? O que significava, então, ser um coelho e não ser, por exemplo, uma serpente?

"*Adoro o seu cheiro.*"

A garota aproximou bem o nariz da câmera e por um segundo a tela de Emilia escureceu.

Que cheiro teria?

"*Vamos fazer muitas coisas juntas. E sabe o que eu vi hoje na rua?*"

Contou alguma coisa que tinha se passado na frente do supermercado. Embora parecesse uma bobagem, Emilia tentava entender, seguia as letras amarelas da tela, mas o tradutor ia rápido demais. O mesmo lhe acontecia no cinema: se as frases eram muito longas, desapareciam antes que ela pudesse terminar de ler.

"*E o dia está lindo*", disse a garota, "*olha!*"

Ergueu-a sobre a cabeça, alçando-a até a janela, e por um momento Emilia viu uma cidade do alto: as ruas largas, as cúpulas de algumas igrejas, os canais de água, a intensa luz vermelha do entardecer cobrindo tudo. Emilia arregalou os olhos. Estava surpresa, era um movimento que não esperava e a imagem daquela outra cidade a impactou. Nunca tinha saído do Peru, jamais em toda a sua vida, com exceção da viagem a Santo Domingo para o casamento da irmã. Que cidade era aquela? Queria voltar a vê-la, queria que a erguessem outra vez. Acionou as rodas do kentuki para um lado e para o outro, girou a cabeça várias vezes, o mais rápido que conseguia.

"*Pode me chamar de Eva*", disse a garota.

Colocou-a no chão outra vez e foi em direção à cozinha. Abriu a geladeira e algumas gavetas, começou a preparar o jantar.

"*Espero que você goste da almofada que comprei para você, minha fofinha.*"

Emilia deixou o kentuki olhando para a garota por um tempo, queria estudar atentamente o controlador. Quero que me levante de novo! Não entendia como se comunicar com ela. Ou será que, em sua condição de coelho, só lhe restava escutar? Que diabo era preciso fazer para que esses animaizinhos falassem? Agora sim tinha perguntas a fazer, pensou Emilia. Se não conseguisse fazê-las à garota, telefonaria outra vez para Hong Kong e as faria ao filho. Já era hora de o rapaz se responsabilizar um pouco mais pelas coisas que enviava à mãe.

Alguns dias depois, descobriu que estava em Erfurt, ou eram grandes as chances de que o lugar por onde movia seu kentuki fosse uma pequena cidade chamada Erfurt. Havia um almanaque de Erfurt grudado na geladeira da garota, e lá estavam as sacolas que chegavam ao apartamento e que ela deixava no chão por dias, "Aldi-Erfurt", "Meine Apotheke in Erfurt". Emilia tinha dado um google: Erfurt possuía como únicos atrativos turísticos uma ponte medieval do século 13 e um mosteiro por onde havia passado Martinho Lutero. Ficava no centro da Alemanha e a quatrocentos quilômetros de Munique, a única cidade alemã que ela realmente gostaria de ter conhecido.

Já fazia quase uma semana que ela passeava umas duas horas por dia pelo apartamento de Eva. Tinha contado às amigas no café das quintas-feiras, depois da natação. Gloria perguntou o que era aquilo que Emilia chamava de "kentuki", e assim que lhe explicaram, decidiu que compraria um para sua casa, para as tardes em que cuidava do neto. Inés, ao contrário, ficou horrorizada. Jurou que não pisaria na casa de Gloria se ela comprasse aquele aparelho. O que Inés queria saber, e perguntou várias vezes batendo na mesa com o indicador, era qual tipo de regulamento o governo aplicaria a uma coisa assim. Não se podia contar com o bom senso das pessoas, e ter um kentuki circulando por aí era a mesma coisa que dar as chaves da sua casa a um desconhecido.

— Além do mais, não entendo — disse Inés ao final — por que você não vai atrás de um namorado em vez de ficar se arrastando pelo chão da casa de outra pessoa?

Inés era desajeitada para dizer as coisas, às vezes era difícil para Emilia perdoá-la. Ficou por um tempo com a bronca entalada na garganta, pensando naquele comentário mesmo quando já estava em casa, enquanto enxaguava e pendurava a toalha de natação. Sem Gloria, concluiu, sua amizade com Inés não teria durado nem um dia.

Para o fim de semana, Emilia já tinha estabelecido uma nova rotina. Depois de lavar os pratos, preparava um pouco de chá e ativava o kentuki pontualmente no apartamento de Eva. Emilia achava que a garota estava começando a se acostumar a esse horário tardio, porém regular, em que ela o acordava. Entre as seis e as nove da noite do horário alemão, ela circulava ao redor das pernas da moça, atenta ao que acontecia. Com efeito, no sábado, quando Emilia acordou e a garota não estava, encontrou um aviso pregado no pé de uma das cadeiras, a poucos centímetros do chão. Teve que transcrevê-lo em seu celular, letra por letra, para entender o que dizia, e alegrou-se ao confirmar que era para ela:

"*Minha Pupi: eu estou ao mercado indo. Sem demora, volto eu em trinta minutos, já fácil. Com atenção, sua Eva*".

Ela teria gostado de ter o papel original, com a letra fina e inclinada da garota para grudá-lo em sua geladeira, porque apesar do alemão e da tinta violeta e brilhante, era uma escrita sofisticada, algo que poderia ter sido enviado do estrangeiro por um parente longínquo ou uma amiga.

A garota tinha comprado um brinquedo de cachorro para ela, mas como Emilia não o usava, costumava deixar outros tipos de objeto por perto, para ver se algum a atraía. Havia um novelo de lã que às vezes ela empurrava e um ratinho de couro cuja função Emilia não decifrava bem. Embora agradecesse a boa intenção, o que realmente lhe interessava era ver as coisas que a moça tinha no apartamento. Ficava espiando quando ela acomodava as compras na despensa, quando abria o movelzinho do corredor ou o armário em frente à cama. Olhava suas dezenas de sapatos enquanto Eva se preparava para sair. Se algo lhe chamava a atenção, Emilia ronronava ao redor da garota e ela punha o objeto um momento no chão. Como aquele massageador de pés que ela uma vez lhe mostrara. Não tinha nada a ver com o que se podia conseguir em Lima. Era muito decepcionante que seu filho continuasse enviando perfumes e tênis esportivos quando podia fazê-la tão feliz com um massageador de pés como aquele. Também ronronava para que Eva a erguesse, ou se queria que a tirasse da casinha de cachorro. Em Lima, no supermercado, numa tarde em que fora comprar seus biscoitinhos de coco e granola e tinha encontrado a prateleira vazia, ronronou também em silêncio, para si mesma. Sentiu vergonha na mesma hora, pensando como era possível que ficasse se fazendo de coelhinha em qualquer lugar. Então uma de suas vizinhas cruzou o corredor e Emilia a achou tão velha, grisalha e manca, resmungando desgraças em voz baixa, que recuperou certa dignidade. Posso estar louca, mas pelo menos estou atualizada, pensou. Tinha duas vidas, e isso era muito melhor que ter apenas meia vida e coxear aos solavancos. E, afinal, o que tinha de mais passar ridículo em Erfurt, ninguém estava olhando e valia a pena o carinho que ganhava em troca.

A garota jantava por volta das sete e meia, enquanto assistia às notícias. Levava o prato para o sofá, abria uma cerveja, erguia o kentuki e o punha a seu lado por um tempo. Entre as duas almofadas, era quase impossível para Emilia se mexer, ainda que pudesse girar a cabeça e olhar para o céu pela janela ou estudar Eva mais de perto: a textura do que estava vestindo, como tinha se maquiado, as pulseiras e os anéis, e até mesmo podia ver o noticiário europeu. Não entendia nada — o tradutor só captava a voz de Eva —, mas as imagens eram quase sempre suficientes para se formar uma opinião sobre o que estava acontecendo, em especial quando não existia muita gente no Peru acompanhando as notícias alemãs. Depois, falando sobre isso com as amigas e no supermercado, se deu conta de que controlava informação exclusiva e de que as pessoas não costumavam estar a par da atualidade europeia em todos os seus detalhes.

Dia sim, dia não, perto das quinze para as nove, a garota se vestia para sair e deixava Emilia sozinha. Antes de apagar as luzes, levava-a até sua casinha. Emilia sabia que, uma vez ali, dificilmente podia voltar a se mover, então às vezes tentava escapar antes que a levantassem, correndo de cá para lá, enfiando-se debaixo da mesa.

"*Vamos, fofinha, que está ficando tarde!*", dizia Eva, que embora de vez em quando acabasse se zangando, costumava rir enquanto tentava pegá-la.

Contou isso ao filho e o rapaz ficou preocupado.

— Então você perambula o dia todo atrás dela, e quando a garota sai você fica na almofada de cachorro?

Emilia estava fazendo compras no supermercado e o tom do rapaz a assustou. Parou com seu carrinho, preocupada, ajeitou o celular na orelha.

— Estou fazendo errado?

— É que então você não está recarregando, mãe!

Não estava entendendo direito do que o filho estava falando, mas gostava do fato de que, desde que tinha o kentuki, quando lhe mandava mensagens com suas dúvidas e progressos, ou comentando o que a garota fazia, ele respondia logo. Emilia se perguntava se o filho soubera de antemão que dar a ela um kentuki o aproximaria da mãe, ou se o presente estava lhe causando mais problemas do que tinha imaginado.

— Mãe, se você não recarregar todos os dias, vai acabar ficando sem bateria, percebe?

Não, não percebia. O que tinha que perceber?

— Se a bateria se esgotar, perde-se o vínculo dos usuários, e adeus Eva!

— Adeus Eva? Não consigo mais me ativar?

— Não, mãe. Isso se chama "perda de validade programada".

— Perda de validade programada...

Estava na gôndola de enlatados quando repetiu essas quatro palavras, e o repositor a olhou com curiosidade. Seu filho explicou tudo outra vez, falando mais alto ao telefone, como se o problema de Emilia fosse auditivo. Por fim entendeu, e confessou, desconcertada, que fazia uma semana que circulava com o kentuki sem carregar a bateria. Ele suspirou aliviado.

— Ela está te recarregando — disse —, menos mal.

Emilia refletiu sobre isso enquanto esperava para pagar. Então, quando ela ia para a cama e deixava seu kentuki na casinha até o dia seguinte, a garota o tirava dali, calçava-o no carregador e uma vez que a bateria se completava, voltava a deixá-lo em seu lugar. Emilia pegou os pêssegos que tinham ficado debaixo das latas de ervilha e os colocou em cima, para que não se machucassem. Então, todos os dias, alguém do outro lado do mundo fazia isso por ela. Sorriu e guardou o celular. Era toda uma atenção.

A MOSSÈN CINTO NÃO ERA apenas um lar de idosos, era uma das instituições mais queridas e a mais bem-equipada da Vila de Gràcia. Tinha sete esteiras para caminhar, dois tubos de hidromassagem terapêutica e um leitor de eletrocardiogramas próprio. Pagos todos os consertos da fachada da academia de ginástica, Camilo Baygorria queria que os excedentes das mensalidades deste ano fossem investidos em atividades recreativas. Ele havia passado quarenta e sete anos na administração até chegar a estes últimos meses de bonança, e agora precisava de algo que fizesse a diferença, algo que os familiares notassem imediatamente em suas visitas e que comentassem pelo resto da semana.

Foi Eider, a chefe das enfermeiras, quem propôs o assunto dos kentukis. Achou que seria difícil convencer Camilo da ideia, embora soubesse que já havia um na família do chefe: um sobrinho que tinha comprado um com suas economias. Camilo Baygorria nunca teria pensado na aquisição de um aparelho como esses para um asilo, e ainda assim arriscou. Agradeceu a Eider pela ideia, e na mesma hora encomendaram dois kentukis coelhos. A própria Eider preparou, para cada um, um pequeno chapéu azul com viseira, com dois orifícios para as orelhas e o logo do asilo na frente.

Foram ligados juntos na sala principal, depois do almoço. A conexão do K0092466 foi estabelecida duas horas e vinte e sete minutos mais tarde e a do K0092487 depois de três horas e dois minutos. Já existiam trezentos e setenta e oito servidores repetindo as conexões ao redor do mundo, e ainda assim elas continuavam entrando em colapso: os tempos de espera para a configuração inicial se estendiam cada vez mais.

Assim que os dois kentukis começaram a se mover, alguns idosos se aproximaram. Os coelhos circulavam entre seus pés e eles, com dificuldade, erguiam as pernas para deixá-los passar, como se os kentukis fossem brinquedos de fricção, incapazes de desviar de obstáculos. Não haviam transcorrido nem dez minutos quando um deles estacionou junto à janela principal e não se mexeu mais. Tinha se desconectado sozinho e Eider teve que explicar várias vezes a Camilo que não havia muito que pudesse ser feito a respeito. Até onde ela sabia, se o usuário de um kentuki queria abandonar o "jogo", o aparelho já não podia voltar a ser usado.

— Acha que é por causa dos velhos? — perguntou Camilo.

Era algo que Eider não tinha pensado. Nunca tinha lhe passado pela cabeça que agora, além de todas as especificações que era preciso ler quando se comprava um eletrodoméstico novo, tinha que pensar também se seria digno para esse objeto viver ou não com as pessoas. Quem iria refletir, diante de uma gôndola de supermercado, se o ventilador que se está pensando em levar para casa estaria de acordo com a ideia de ventilar um velho de fraldas assistindo à tevê?

— Acha que podemos perder o outro também? — Camilo a pegou pelo cotovelo, assustado.

Eider ficou olhando para ele. Pela primeira vez, viu que Camilo era tão velho quanto os velhos dos quais cuidava, e entendeu o terror de sua pergunta. Ao lado, um idoso levantava o outro kentuki para estudá-lo. Falou com ele com o rosto quase grudado em seu focinho e lhe embaçou os olhos. Quis deixá-lo no chão, mas não conseguiu se agachar, então o soltou com um grito de dor e o kentuki bateu no piso e rodou. Eider foi até o coelho, colocou-o de pé e o acompanhou entre as mesas do refeitório, certificando-se de que o deixariam em paz. Depois permitiu que se distanciasse, que saísse ao jardim de inverno.

— Eider — era a voz de Camilo, que se aproximava às suas costas.

Estava quase se virando para ele quando viu uma idosa correr atrás do kentuki e, atrás da idosa, um enfermeiro que tentava segurá-la. De repente, com uma rapidez que Eider achou premeditada, o kentuki girou em direção ao pequeno tanque de peixinhos que ficava no centro do pátio e se afastou a toda velocidade. O que estava fazendo? Eider teve o instinto de correr atrás dele, mas Camilo a deteve. O coelho não freou, caiu na água. A velha gritou, entrou no tanque e o enfermeiro atrás dela.

— Eider — disse Camilo, pegando-a outra vez pelo cotovelo. — Certeza que não tem um jeito de recuperar nada? Nada de nada?

Do que estava falando? Referia-se ao dinheiro?

Do lado de fora, o enfermeiro tinha conseguido pôr a velha sentada na beira do tanque. Ela estava ensopada e chorava, esticando-se na direção do kentuki, que, alguns metros adiante, afundava lentamente na água.

CONTINUAVA CORRENDO TODAS AS MANHÃS. Em dois meses, quando voltasse a Mendoza, ao menos poderia dizer que agora se exercitava. Não era o tipo de conquista que estava buscando, mas tampouco havia muitas outras coisas para fazer. Embora tivesse encontrado com o que se entreter. Havia a biblioteca — fazia tempo que não se dava o luxo de tanta leitura — e o kentuki; tinha que admitir que esse negócio de kentuki era interessante.

Quando Sven o viu pela primeira vez, ficou parado por um instante diante do corvo; o corvo o olhava do chão. Os dois se estudaram com tanta curiosidade que Alina teve que fazer esforço para não rir. Sven era um dinamarquês alto e loiro; em Mendoza tinha que cuidar dele como se fosse um adolescente. Era ingênuo e exageradamente gentil, de modo que abusavam de sua boa-fé, roubavam-lhe, zombavam dele. Nas galerias de Copenhague, em compensação, rodeado por seus pares e sempre auxiliado por uma entusiasmada assistente, ele parecia a Alina um príncipe que escapava de suas mãos. O ciúme que sentia naqueles dias em Oaxaca era apenas um resquício do que tinha sentido um ano antes, nos primeiros meses da relação com Sven. Com o tempo, aquela angústia havia virado outra coisa. Antes a atormentava, sua atenção se concentrava exclusivamente nele; agora, ao contrário, a angústia a distraía, a fazia perder o interesse, e o ciúme era a única forma que encontrava para voltar para Sven de tempos em tempos. Também havia esse outro estado ao qual tanto gostava de se entregar, algo que tinha a ver só com ela. Fechava-se no quarto e se concentrava em suas maratonas de séries, para voltar à realidade muitas horas depois. Ficava "fragmentada", assim Alina gostava de descrever. Era uma vertigem que fazia adormecer seus medos mais tolos e, talvez pelo próprio isolamento, a devolvia ao mundo limpa e leve, aberta ao simples prazer de um pouco de comida e uma boa caminhada.

Mas cedo ou tarde se deparava de novo com Sven, e lembrava que sua vida era feita de coisas que sempre podiam se perder, como o sorriso encantador com o qual ele agora olhava para o kentuki. Alina tinha imaginado o tipo de pergunta que ele faria sobre o bicho de pelúcia e havia repassado suas respostas mentalmente, preparando-se para enfrentá-lo quanto ao preço, à inutilidade, à exagerada exposição de sua intimidade — embora a revelação deste último item ao *artista*, calculou, fosse levar um tempo. Ele parecia surpreso e, quando se agachou para vê-lo de perto, perguntou algo que Alina não tinha pensado.

— Que nome daremos a ele?

O kentuki girou e olhou para ela.

— Sanders — disse Alina. — Coronel Sanders.

Era uma bobagem, e ainda assim tinha sua graça. Perguntou-se o que a fizera pensar que se tratava de um homem, e ao mesmo tempo pareceu impossível imaginar esse corvo com um nome de mulher.

— Como o velho do Kentucky Fried Chicken?

Alina assentiu, era perfeito. Sven ergueu o kentuki, que reclamou quando o viraram, verificaram-lhe as rodas e estudaram a forma como suas pequenas asinhas eram presas ao corpo de plástico.

— Qual o nível de autonomia que ele tem?

Alina não fazia ideia.

— Acha que ele poderia nos acompanhar no jantar? — perguntou Sven, e voltou a colocá-lo no chão.

Seria divertido tentar. Em Vista Hermosa não havia nada que se parecesse com um restaurante elegante, na verdade não havia nada parecido com um restaurante. Algumas senhoras — já tinham visitado três — punham em seus quintais mesas de plástico, cobertas com toalhas e cestos de tortilhas, e ofereciam um cardápio de dois ou três pratos. Os maridos em geral comiam em alguma dessas mesas, sempre a que ficava mais perto da televisão, às vezes dormiam segurando a cerveja ou o mezcalzinho. Estavam a menos de um quilômetro e Sven supôs que, se a tecnologia era parecida com a de um celular, o kentuki devia poder acompanhá-los sem problema. Alina, por outro lado, temia que o sinal se perdesse. Sabia que cada kentuki levava consigo "uma única vida", mas o que não estava claro era se ao perder o sinal também se perdia a conexão.

Foram para o pátio e começaram a caminhar; alguns metros atrás, o kentuki os acompanhava. Alina estava atenta ao motorzinho que zunia às suas costas, consciente de que, enquanto eles avançavam com tanta leveza, alguém fazia um grande esforço para não os perder de vista. Esqueceu-se da assistente de plantão e voltou a se sentir segura, pegou a mão de Sven e ele a segurou, amoroso e distraído. No asfalto, já fora da residência, não era tão fácil para o corvo acompanhá-los. Ouviam-no girar, desacelerar, alcançá-los outra vez. Então o escutaram parar e se viraram para ver o que tinha acontecido. Estava a uns cinco metros, olhando para a montanha. Era difícil saber se ainda estava ali com eles, admirando o entardecer da natureza mexicana, ou se alguma fatalidade técnica alcançara subitamente sua alma, e isso era tudo o que teriam do kentuki nesta vida. Alina pensou em seus 279 dólares, e de repente o kentuki se mexeu, desviou ostensivamente de Sven e seguiu até onde estava Alina.

— O que está fazendo? — gracejou Sven. — Aonde vai com a minha mulher, Coronel?

Foi divertido. Comeram frango com *mole* e arroz, e durante todo o jantar deixaram o kentuki em cima da mesa. Cada vez que Sven se distraía, o corvo empurrava o garfo dele para a borda e o jogava no chão de terra. Como o talher não fazia barulho ao cair, Sven procurava às cegas onde o havia deixado. Ao descobrir o truque, não se zangava. Na verdade, absolutamente nada do mundo ordinário conseguia irritar o *artista*, sua energia estava destinada a assuntos superiores. Alina invejava a tranquilidade com que Sven fazia de sua vida exatamente o que queria. Ele avançava, ela vacilava atrás do rastro que ele ia deixando, tentando fazer com que ele não escapasse de suas mãos. Correr, ler, o kentuki, todos os seus planos eram planos de contingência. O Coronel derrubou outra vez o garfo e Alina tentou se segurar, mas soltou uma gargalhada. Quando o kentuki a olhou, ela piscou um olho, e ele fez seu ruído de corvo pela primeira vez na noite.

— Se você se meter com a minha mulher — disse Sven de brincadeira —, vai se meter também comigo, Coronel — e se abaixou outra vez para pegar o garfo.

Alguns dias depois, quando estava saindo do quarto, Alina voltou na última hora e levou o kentuki consigo. Queria mostrá-lo a Carmen, a mulher da biblioteca. Era o mais próximo que tinha de uma amiga em toda a residência. Trocavam frases breves e afiadas, saboreavam com discrição o evidente início de uma grande camaradagem. Alina deu umas batidinhas no balcão, para avisar que andava por ali, deixou o Coronel junto a uns papéis de Carmen e se afastou rumo ao corredor de prosa, de onde podia espiar o que aconteceria. Carmen o viu e se aproximou, estava sempre vestida de preto, os pulsos repletos de pulseiras com tachinhas. Ergueu o kentuki, virou-o e estudou um pouco sua base, passando os dedos entre as rodas.

— Este parece ser de melhor qualidade que os meus — disse sem levantar a voz, como se soubesse desde o começo que Alina a espiava.

Alina se aproximou com dois livros novos.

— Sempre me perguntei — disse Carmen, divertida — para que serve este cuzinho — e arranhou com as unhas pintadas a entrada USB escondida atrás das rodas traseiras.

Depois o pôs na mesa e o kentuki se afastou na direção de Alina. Carmen disse que não fazia nem um mês que seu ex-marido tinha dado um kentuki para cada um dos filhos, e ela já tinha visto novas versões em várias ocasiões.

— Meu ex-marido diz que o crescimento destas coisas é exponencial: se existem três na primeira semana, quer dizer que vão existir três mil na segunda.

— Você não se sente intimidada? — perguntou Alina.

— Com o quê, exatamente?

Carmen deu um passo para o lado e, pelas costas do kentuki, fez uma mímica, vendando os olhos. Buscou o celular na bolsa e mostrou a Alina uma fotografia dos filhos com os bichos. Eram dois gatos amarelos e eles os levavam na cestinha da bicicleta. Cada kentuki tinha uma faixa preta que lhe cobria os olhos. Era a única condição que Carmen havia imposto ao ex-marido: temia que tudo fosse um plano para ter duas câmeras rondando sua casa dia e noite.

Alina ficou olhando a foto.

— E para que alguém vai querer passear pela casa de outra pessoa com os olhos vendados? Que graça tem?

— Pois é — disse Carmen. — Eles têm só dois sentidos, eu tirei um e eles continuam circulando. As pessoas são assim, *manita*, mesmo tendo na cidade uma biblioteca como esta — e apontou os quatro corredores vazios.

Pegou o celular das mãos de Alina, deu um beijo na imagem de cada filho e o guardou outra vez na bolsa.

— Atropelaram um na expressa, na frente do ponto de táxi — continuou, enquanto anotava no registro os livros que Alina estava levando. — Era de um amigo dos meus filhos, e a mãe teve que enterrá-lo no jardim, entre as sepulturas dos cachorros.

O corvo se virou para Carmen e Alina se perguntou se o Coronel Sanders seria capaz de entender o que fora dito.

— Uma desgraça, agora o menino está arrasado. — Carmen sorriu. Era difícil saber o que estava pensando realmente. — Com o tanto que esses bichos saem.

— E o que será que o kentuki estava fazendo sozinho na rua? — perguntou Alina.

Carmen a olhou surpresa, talvez porque não tivesse pensado nisso.

— Você acha que ele tentou fugir? — perguntou, e ficou olhando para ela, sorrindo com entusiasmo.

Alina voltou ao quarto, deixou o kentuki no chão e foi até o banheiro. Teve que voltar à porta e trancá-la, para que ele não entrasse, o bicho sempre tentava entrar. Ficou do lado da porta até que ouviu o Coronel Sanders se afastar. Então tirou a roupa e entrou no chuveiro. Tinha feito bem em não se comunicar com seu kentuki, ia confirmando isso à medida que ficava sabendo das coisas. Sem e-mails nem mensagens nem algum outro método de comunicação combinado, seu kentuki não era mais que um mascote bobo e chato, tanto que às vezes Alina esquecia que o Coronel Sanders estava ali, e que por trás dele havia uma câmera e alguém olhando através dela.

De modo que os dias passaram com naturalidade. Seu despertador soava às seis e vinte da manhã. Nenhum artista se atrevia a circular àquela hora pela residência, o alarme não parecia acordar nem mesmo Sven. Alina tinha tempo de se levantar e descer até a cozinha da área comum, tomar café da manhã sem interações sociais e ler por um bom tempo antes de sair para correr. Com o segundo café, punha-se ereta na cadeira, o traseiro bem na borda, as pernas esticadas e os pés abertos em V. Era sua posição de *cruzeiro*, e podia ler assim por horas. O Coronel Sanders se enfiava entre seus pés, empurrando as pontas do V que suas pernas formavam, até ficar travado. Às vezes Alina baixava o livro e lhe fazia alguma pergunta, só para saber se, fosse lá quem manipulasse aquele aparelho, continuava ali com ela, ou largava o corvo para ir fazer coisa melhor. A primeira opção, a ideia de alguém sentado, olhando-a fixamente por horas, sempre a intimidava, a segunda a ofendia. Sua vida não era suficientemente interessante? Este quem-quer-que-fosse tinha uma vida tão mais importante que a dela para largar o aparelho em suspenso até sua volta? Não, respondia para si mesma, se fosse assim não estaria agora entre seus pés, se fazendo de animal de estimação às seis e cinquenta da madrugada.

— Sabe o que acaba de acontecer na página 139?

Quase sempre o Coronel Sanders estava ali, grunhia ou tremia de leve as asas que tinha nas laterais do corpo, mas ela não se incomodava em responder suas próprias perguntas. Às sete e meia passava pelo quarto para deixá-lo lá e descia até o bosque para correr. Virava na igreja e se distanciava da rua principal. Conhecia um caminho no bosque afastado das casas, atravessava plantações e morros até zonas mais verdes. Cada vez ia mais longe. Cada vez se sentia mais forte. Correr não a tornava nem mais nem menos inteligente, mas o sangue circulava de outra forma por seu corpo, suas têmporas pulsavam. O ar se modificava e, enquanto se distraía, seu cérebro bombeava ideias com uma rapidez insólita. Quando voltava, Sven já tinha descido para o ateliê. Alina tomava banho e punha uma roupa confortável, comia suas mexericas devagar, na cama, de barriga para cima. No chão, o Coronel Sanders se mexia inquieto, rodeando-a feito a versão cômica de uma ave de rapina.

Alina passara o dia anterior pensando, pensando bastante. E de noite, às três da manhã, tinha se levantado e posto uma cadeira no pátio para fumar de frente para o bosque, na escuridão. Sentia-se próxima de algum tipo de revelação, era um processo que conhecia, e só a excitação de chegar a uma conclusão compensava a sonolência.

Então nesta semana, depois de voltar da corrida e jogar-se na cama com suas mexericas, continuava rodeando o assunto com o pressentimento de estar cada vez mais perto de algum tipo de revelação. Olhou fixamente para o teto e pensou que, se tivesse que pôr as coisas em ordem para inferir a que tipo de descoberta estava chegando, teria que se lembrar de um dado no qual havia dias que não pensava. Em algum momento da semana anterior tinha descido à única mercearia da cidadezinha, ao lado da igreja, e, numa distração, passara os olhos por um detalhe que preferia não ter visto. O modo como Sven explicava algo a uma garota. A doçura com que tentava se fazer entender, quão próximos estavam um do outro, a maneira com que trocavam sorrisos. Depois soube que era a assistente. Não a surpreendeu, tampouco lhe pareceu uma descoberta relevante, porque uma revelação muito mais profunda captou subitamente sua atenção: nada lhe importava o suficiente para movimentá-la em alguma direção. Em seu corpo, cada impulso perguntava para quê. Não era cansaço, nem depressão, nem carência de vitaminas. Era uma sensação parecida ao desinteresse, mas muito mais generalizada.

Deitada na cama, juntou as cascas em uma mão e o movimento a deixou mais perto de uma nova revelação. Se Sven sabia tudo, se o *artista* era um diligente operário, e cada segundo de seu tempo era um passo na direção de um destino irreversível, então ela era exatamente o contrário. O último ponto no outro extremo dos seres deste planeta. A *inartista*. Ninguém, para ninguém e nunca nada. A resistência a qualquer tipo de concretude. Seu corpo se interpunha às coisas, protegendo-a do risco de chegar, qualquer dia, a alcançar algo. Fechou o punho e apertou as cascas. Sentia-as como uma massa fria e compacta. Depois estirou os braços sobre os lençóis, até a cabeceira, e deixou as cascas debaixo do travesseiro dele.

GRIGOR TIVERA UMA GRANDE IDEIA, por fim. Tinha lhe dado o nome de "plano B" e havia investido nela suas últimas economias — as suas e as do pai, se é que o que restava ao pai podia ser chamado de economias. Tinha certeza de que, em compensação, o plano B o tiraria da maré ruim e o poria outra vez no jogo. Desde então já tinham se passado quase duas semanas e ainda estava com a sensação de que o trabalho mal começava a entrar no ritmo. Disse ao pai que almoçaria mais tarde e encostou a porta do quarto. Se as coisas caminhassem bem, logo poderia comprar um kentuki. Seria uma boa companhia para o velho, o ajudaria a se distrair e até poderia lembrá-lo dos horários dos remédios. Quem sabe, talvez realmente acabasse sendo de grande ajuda. Olhou o calendário pendurado na lateral da mesa de trabalho. Em menos de dois meses, o dinheiro da indenização acabaria, e quando o pai tentasse pagar seus iogurtes com o cartão adicional e o caixa cuspisse o cartão de volta, Grigor teria que contar a verdade. Ou seja, o plano B tinha que funcionar.

A tela do tablet avisou que a conexão do K1969115 havia encontrado seu endereço IP, agora pedia o número de série. A câmera foi ligada e Grigor teve que abaixar imediatamente o volume. Era uma festa de aniversário e um menininho de uns seis anos o sacudia e o batia no chão. Isso não vai durar muito, pensou Grigor, embora ele já tivesse tido algumas surpresas. Às vezes os kentukis acabavam não se relacionando com as pessoas a quem estavam destinados e alguém mais da família os adotava. Como aquele kentuki, que tinha sido ativado em Cape Town, África do Sul, como mascote de hospital de uma mulher que morreu poucos dias depois. Acabou viajando com a filha, guardado nos compartimentos superiores da cabine de um avião, para ser dado a um sobrinho que vivia no interior da

Nova Zelândia. Acomodaram-no no galpão de uma fazenda nos arredores de Auckland, onde os porcos de vez em quando se sentavam em cima do carregador e ele tinha que bater na bunda dos animais várias vezes para que finalmente se levantassem. O destino de uma conexão podia mudar assim, num estalar de dedos.

O importante, Grigor sempre repetia para si mesmo, era manter os dispositivos ativos. Não era uma exigência técnica, quer dizer, mesmo se um kentuki não fosse usado por dias, as conexões IP designadas continuavam funcionando; ele tinha estudado o assunto nas redes sociais, em fóruns, debates de fãs e todo tipo de sites especializados, e tinha certeza de que parar de dar atenção a um dispositivo não implicava perdê-lo. Mas se quisesse vender essas conexões, tinha que mantê-las vivas e em bons termos com seus amos. Tinha que ativá-las diariamente, por um bom tempo cada uma, circular e interagir. Era uma atividade que ele não calculara em toda a sua amplitude e que estava lhe tomando tempo demais. De fato, havia perdido um kentuki por essa razão, na inexperiência e na desorganização da primeira semana. Ele o tinha deixado de lado por mais de dois dias e sua ama — uma russa rica e impaciente que não teria suportado que a ignorassem por tanto tempo — acabou cortando a conexão. O K1099076, instalado em seu tablet número 3, tinha projetado um alerta vermelho com a última mensagem: "Conexão encerrada".

Com a desconexão se perdia o cartão do "ser" kentuki e se perdia também o kentuki. Nenhuma das duas partes podia ser utilizada novamente. "Uma conexão por compra" era a política dos fabricantes, vinha escrita no dorso da caixa, como se fosse uma vantagem do produto. Grigor vira um garoto com o lema impresso na camiseta dois dias antes, quando saiu para comprar mais alguns tablets para instalar códigos novos. No fundo, as pessoas adoravam restrições.

No aniversário em que seu kentuki número 11 tentava sobreviver, alguém o livrou das mãos da criança e o pôs no chão. As lajotas eram de um tijolo poroso; mais adiante, entre os convidados, dava para ver uma piscina grande. A cada tanto um garçom passava com bandejas de bebidas. Um cartaz dizia ¡Felicidades!, Grigor achava que era espanhol. Movimentou-se entre os convidados, alguém o seguia um pouco mais atrás, pelas costas. A cada tanto o erguiam, o giravam e quando voltavam a deixá-lo no chão, a câmera apontava outra vez na direção do menininho, que de todo modo já não prestava mais atenção nele e estava entretido abrindo outros presentes. Estou em Cuba, pensou Grigor. Era algo que teria gostado que acontecesse desde o primeiro kentuki que ativara. Se pudesse ter escolhido um lugar, teria escolhido Havana ou alguma praia de Miramar. Eram lugares nos quais nunca tinha estado, então não perdia nada imaginando-os. Um cachorro o cheirou e deixou a câmera embaçada. Em seu quarto, Grigor abriu uma pasta e começou a preencher uma planilha. Ele mesmo as tinha desenhado, no dia 1 do plano B. Imprimira cinquenta e havia planejado imprimir muitas mais. Anotou o número de série que o programa tinha designado e a data. Deixou em branco as casinhas "Tipo de kentuki" e "Cidade do kentuki"; às vezes gastava vários dias de uso averiguando essas coisas. Fez suas primeiras anotações em "Características gerais". Classe alta, entorno familiar com empregados domésticos, piscina, vários carros, possível zona rural, equatorial, de fala hispânica. Havia música, muito barulho e muitas vozes, portanto o tradutor não estava ajudando em nada.

Grigor abriu a última gaveta e contou quantos cartões não ativados lhe restavam. Apenas nove, e se o plano B se saísse bem, logo teria dinheiro para comprar mais conexões e mais tablets, estava confiante. Tinha um horário — dedicava a isso umas oito horas por dia —, tinha um sistema — já administrava uns dezessete kentukis, o que impunha certa ordem — e, embora tivesse decidido subir bastante os preços, continuavam chegando pedidos, e ele sabia que em breve as vendas dispararíam. Deixara os três primeiros com preços bem baixos, era o pedágio a se pagar, e agora o negócio começaria a crescer.

Seu pai bateu de leve na porta e entrou. Estava velho, e ainda assim continuava sendo um homem alto e grandalhão. Trazia um copo de plástico em cada mão e deixou um na mesa, diante de Grigor.

— É iogurte, filho.

Sentou-se na cama com o outro copo. Grigor havia tentado explicar o que era aquilo que estava fazendo, mas o pai não entendeu direito. Quando estas coisas novas entram no mercado, tinha dito, é preciso aproveitar a brecha legal antes que se regule.

— Então é uma coisa ilegal, filho?

"Ilegal" era uma palavra que assustava a geração de seu pai, um termo supervalorizado que além do mais já soava antiquado.

— Não, até que esteja regulamentado — disse Grigor.

Seu primo tinha juntado bastante dinheiro fazendo entregas anônimas com drones, mas isso não durou muito tempo. Cedo ou tarde aparecia alguém com mais capital e melhores contatos. "Regular" não era organizar, e sim acomodar as regras a favor de poucos. As empresas se apoderariam logo do negócio que existia por trás dos kentukis, e as pessoas não tardariam em perceber que, tendo o dinheiro em mãos, melhor negócio que pagar setenta dólares por um cartão de conexão que se ativaria ao acaso em qualquer canto do mundo, era pagar oito vezes mais para escolher em qual lugar estar. Existia gente disposta a dar uma fortuna para viver na pobreza por umas poucas horas por dia, e havia os que pagavam para fazer turismo sem sair de casa, para passear pela Índia sem nunca ter diarreia ou conhecer o inverno polar descalço e de pijama. Também havia os oportunistas, para quem uma conexão em um escritório de advogados de Doha equivalia à oportunidade de passar uma noite toda sobre anotações e documentos que ninguém mais deveria ver. Havia aquele pai do menino sem pernas de Adelaide, que fazia só três dias tinha lhe pedido uma conexão com um "amo de bom trato" que praticasse "esportes radicais" em "lugares paradisíacos". Pagaria o que fosse, dizia no e-mail. Às vezes os clientes não tinham tanta clareza sobre o que estavam buscando, e Grigor lhes enviava duas ou três planilhas com registros de imagens e vídeo. Às vezes, até ele desfrutava das conexões que mantinha para vender. Exercia secretamente o dom da onipresença. Assistia a seus "amos" dormir, comer, tomar banho. Alguns o restringiam a zonas específicas, outros o deixavam circular com toda a liberdade e, mais de uma vez, entediado com a espera, entretinha-se analisando as coisas enquanto seus amos estavam fora.

— Economizamos umas cinquenta kunas por semana, filho — disse o pai, mostrando seu iogurte terminado.

Grigor lembrou que ainda estava segurando o pote de plástico que o pai lhe dera. Experimentou-o e compreendeu a que se referia: já não estava mais comprando seus iogurtes, mas os preparava ele mesmo na cozinha, e Grigor teve que fazer um grande esforço para não cuspir no copo e engolir com um sorriso.

MARVIN CIRCULOU PELA VITRINE ao redor dos aspiradores de pó e ficou um instante olhando para a rua. O local era pequeno e escuro, podia concluir isso graças a um reflexo no vidro. Vendiam eletrodomésticos. A imagem não chegava a incluí-lo, ainda não tinha conseguido se ver refletido em nenhuma parte e não fora capaz de responder a seus amigos sobre que tipo de kentuki era. Se grunhia, os ruídos no alto-falante de seu tablet tampouco lhe davam alguma pista, podiam ser tanto o chamado de uma ave de rapina como o rangido de uma porta se abrindo. Nem sequer sabia em que cidade estava, ou como era seu amo. Tinha contado aos amigos sobre a neve, mas isso não parecia tê-los impressionado muito. Depois de soltarem piadas sobre por que uma bundinha de princesa e um apartamento em Dubai eram melhores que a neve, disseram que, além do mais, nem sequer se podia tocar a neve. Marvin sabia que estavam enganados: se você tivesse a sorte de encontrar neve, e empurrasse o suficiente o seu kentuki contra um montinho bem branco e espumoso, podia deixar a sua marca. E isso era como tocar com os próprios dedos a outra ponta do mundo.

Na vitrine, sentia cada dia mais minúsculos aqueles dois metros quadrados que habitava. Entediava-se tanto que tinha até tentado deixar o kentuki quieto e estudar. No fim das contas, os livros estavam ali, tão rústicos e permanentes, que às vezes Marvin fingia abri-los devagar, como se fossem relíquias de uma civilização anterior. Mas sempre voltava ao kentuki, àquela eterna noite escura na qual quase nunca passava ninguém. Uma vez, um senhor idoso parou para vê-lo e ele fez o kentuki girar sobre seu eixo, para um lado e para o outro. O homem aplaudiu, festejou tão escandalosamente que Marvin achou que estava bêbado. Tempos depois, veio um garoto mais velho que ele, um no qual ele nunca teria prestado atenção se fossem colegas de escola. Passou e bateu no vidro com seu anel, tipo uma saudação. Piscou-lhe um olho e seguiu rua acima. Passou de novo no dia seguinte, e no seguinte. Marvin gostava desse garoto e do som que o anel dele fazia contra o vidro cada vez que o cumprimentava. Será que passava só para vê-lo?

Uma noite, depois que as luzes principais da vitrine se apagaram, alguém pegou o kentuki. Por um momento Marvin viu tudo: as estantes cheias de rádios, batedeiras, máquinas de café; o balcão e o piso brilhante. Era um lugar pequeno, tal como ele havia suposto, embora abarrotado de plantas e mercadorias. Deixaram o kentuki numa mesa que parecia ser a única, bem no centro do local, e vê-lo todo, por fim, lhe causou uma excitação insólita.

Procurou, desesperado, por um espelho, um reflexo no qual se ver e descobrir que tipo de animal era. A mulher que o tinha tirado da vitrine era corpulenta e velha, movia-se de um lado para o outro, diligente, acariciando com uma flanela as coisas que a rodeavam. Abriu uma porta lateral da vitrine que Marvin nunca tinha visto ser aberta e tirou também os aspiradores. Com ela inclinada sobre a caixa, por um bom tempo pôde ver apenas as pernas da mulher e as plumas cinza de um espanador aparecer de vez em quando do outro lado. Na lateral do balcão, sete relógios marcavam uma e sete da madrugada. Marvin se perguntou o que fazia a mulher limpando àquela hora, se seria a dona do lugar ou se somente cuidava da limpeza. Lembrou-se da mãe dizendo que ninguém limpa nossa própria sujeira como nós mesmos, e essa mulher parecia bastante comprometida com o trabalho. Viu-a se aprumar, deixar o espanador na mesa e voltar a pegar a flanela. Então Marvin tentou seu show: deu voltas sobre a mesa abrindo e fechando os olhinhos, fazendo aquele grasnido grave e triste. A mulher se voltou para olhá-lo. Marvin se sacudiu um pouco sobre o próprio eixo, de um modo que ele imaginava ser a sacudida de um cachorro para se livrar da água, e se inclinou até a beira da mesa. Não tinha muito mais para oferecer. A mulher rodeou a mesa. Aproximou-se tanto que o avental verde de limpeza que levava amarrado na cintura ocupou toda a tela. Marvin olhou para cima, queria saber se ela sorria, e viu a outra mão passar sobre ele. Não conseguia dizer o que essa mão estava fazendo, o braço da mulher tinha ficado suspenso sobre o kentuki, conectando-os de uma forma estranha. Um ruído curto e áspero se repetiu no alto-falante do tablet, e Marvin por fim entendeu: estava recebendo carinho. Soltou um grunhido entrecortado, que imaginou parecido com o ronronar de um gato, e abriu e fechou os olhos várias vezes, o mais rápido possível, enquanto o movimento do braço fazia o avental ondular na frente da tela.

"*Que coisa mais linda*", disse a mulher em algum idioma ininteligível que o controlador traduziu sem problema.

Vestida assim e falando com tanta ternura, ela o fez lembrar da mulher que limpava sua própria casa, essa casa exageradamente grande de Antígua, cheia de enfeites que tinham sido de sua mãe e que ninguém mais tinha coragem de tirar. Mas aquela mulher cuidava de Marvin feito mais um enfeite órfão. A mulher do avental verde, no entanto, o tinha tocado. Tinha afagado-lhe a cabeça com o amor sincero com o qual se afagam os filhotes e, assim que o soltou, Marvin girou, pedindo mais. Então a mulher aproximou seu rosto dele, a cara imensa ocupou toda a tela, e lhe deu, na testa, seu primeiro beijo.

A partir de então, a cada duas noites a mulher o tirava da vidraça e palestrava longamente enquanto limpava. Estavam nisso quando ela moveu o kentuki para limpar a mesa e o pôs em frente a um espelho. Foi apenas um segundo, em sua escrivaninha Marvin gritou e levantou os braços para o alto, os punhos fechados como se festejasse um gol.

— Sou um dragão!

Era o que sempre quisera e repetiu muitas vezes, sou um dragão!, sentado à escrivaninha, de pé na frente da foto da mãe, e no dia seguinte em cada intervalo do colégio. Finalmente algumas coisas estavam acontecendo na loja de eletrodomésticos.

A mulher costumava chegar furiosa, às vezes estava tão irritada ao falar, que o tradutor não era capaz de transcrever tudo o que dizia. Mas limpar a acalmava. Talvez fosse a única coisa que conseguia distraí-la. Então lhe falava das duas filhas e de como o marido administrava mal o lugar. Tinha sido ele que trouxera o kentuki. Seu marido era o homem que comprava tudo. Quando decidiram abrir o negócio, vinte e três anos antes, ela pensou que isso o tranquilizaria, ou ao menos que ele ia se entreter comprando para os outros, e se entreteria também se os outros comprassem dele. Era incrível a quantidade de objetos inúteis que ainda era capaz de adquirir, objetos essenciais para assuntos urgentes, assuntos que se dissolviam imediatamente depois da compra.

O kentuki era para animar a vitrine, assim o tinha vendido o mesmo distribuidor da linha das cafeteiras e das chaleiras elétricas. Entregaram-no acompanhado de um artigo de jornal com dezenas de estatísticas do produto e a promessa de que, uma vez ativado, dançaria "feito um macaquinho", fazendo com que as pessoas não conseguissem evitar parar na frente da loja. O que evidentemente ninguém tinha dito era que o macaquinho só estaria disponível das onze da noite às três da manhã. E quem passava pela vitrine a essa hora, além dos bêbados da cidade?

Era difícil para Marvin assimilar tanta informação. Então não era ela a sua ama? E se ele podia usar seu kentuki só depois do colégio — ou seja, à noite, naquele outro mundo —, nunca conheceria seu verdadeiro amo, o homem que o havia ativado? E a queixa da mulher, isso era o que mais o inquietava; teria que dançar "feito um macaquinho" se quisesse contentá-los? Realmente serviria para alguma coisa dançar de noite? Os longos discursos da mulher o confundiam, mas ele gostava do tom doce de sua voz, da energia com que dava os sermões e do barulho que fazia contra sua carcaça quando lhe dava beijos ou quando passava a flanela nele.

Certa noite, ela disse:

"Minha filha tem um como você em casa. E eles se falam com o código morse. Aprende, assim podemos conversar!".

Então Marvin deu um google no abecedário do código morse e ensaiava na cama até cair no sono, grunhindo como seu dragão sob os lençóis. Repassava repetidas vezes as seis letras de seu nome.

Quando a mulher disse *"Dá um grunhido curto, e eu vou anotar um ponto. Dá um grunhido longo e eu vou anotar uma linha"*, ele já estava preparado. Grunhiu seu nome com toda clareza. A mulher disse: *"Espera, espera!"*

Correu para pegar um lápis e um caderninho.

"Pronto! Repete, dragãozinho!"

Marvin disse de novo seu nome em código morse e ela tomou nota com toda atenção. Depois gritou:

"Marvin! Adorei!"

Nesta semana, cada vez que o garoto que batia na vitrine com o anel passava por ali, ele escrevia frases no vidro. Escrevia em inglês, o que Marvin achava muito cool, embora deixasse mensagens como "Libertem o kentuki!", ou "Amos exploradores!", e o frio conservava as mensagens por bastante tempo. Tinha medo de que a mulher as visse e pensasse que ele tinha alguma coisa a ver com aquilo. Queria que o libertassem, sim, a ideia não era nada má, mas não queria ferir os sentimentos dessa ama que na verdade não era sua ama, mas que ele já tinha escolhido como tal.

Às vezes imitava um macaquinho, ou o que ele entendia que podia ser a imitação de um macaquinho. Girava sobre seu eixo na vitrine, grunhindo e piscando, rodeando os aspiradores e parando a cada tanto na frente de um deles para admirá-los. Não adiantava nada, na rua quase nunca havia gente, e àquela hora, mesmo se alguém passasse e reparasse, graças a ele, nas belas estruturas daqueles aspiradores, a loja já estava fechada e às escuras.

"Quero ir mais longe", grunhiu o dragão uma noite. A mulher parou de sacudir o espanador, pegou seu caderninho e a planilha do código morse e um instante depois olhou para ele e sorriu.

"Tenho duas filhas bobas, e esperei uma vida inteira para que alguma delas me dissesse algo assim."

A mulher se aproximou.

"Aonde quer ir, dragãozinho Marvin?"

No escritório de seu pai, a pergunta soou como se lhe oferecessem a realização de um desejo. Marvin ergueu o olhar para os livros, o velho papel de parede e o retrato de sua mãe. Se deixasse esta casa, isso seria a única coisa que levaria consigo, embora estivesse pendurado alto demais para alcançá-lo.

"*Quero ser libertado*", grunhiu.

"*Pois acho isso uma excelente ideia*", disse a mulher.

Marvin se imaginou tocando a neve. Teria que dar um jeito para chegar sozinho até as montanhas — da vitrine, as ruas estavam quase sempre secas, a neve desaparecia assim que encostava no asfalto. Viu-a se afastar na direção da gaveta da vitrine e voltar com o carregador. Deixou-o no chão parodiando uma reverência, como se fosse uma oferenda para a realeza.

"*A partir de hoje este reino será seu*", disse ela. "*Adeus vitrine, adeus cativeiro.*"

Ergueu-o e o pôs no chão, a seus pés.

Isso não era o que Marvin queria. Subiu no carregador e, de seu novo posto de descanso, olhou aquele espaço, que já não lhe parecia tão grande nem tão desconhecido.

"*Quero sair*", grunhiu.

A mulher transcreveu os grunhidos em seu caderninho e riu. No escritório do pai, Marvin franziu o cenho.

"*Vou voltar.*"

Ela ficou olhando para ele. Estava séria, olhou para a vitrine e depois para a porta.

"*Por favor*", grunhiu Marvin.

Como se tivesse se enchido dele de repente, a mulher largou o caderninho na mesa e se afastou com o espanador. Ficou limpando por um tempo. Depois voltou, agachou-se na frente do dragão e disse:

"*Está bem.*"

E o que disse em seguida fez Marvin pensar que talvez ela também tivesse considerado aquilo uma libertação. Talvez alguns amos fizessem para seus kentukis o que não podiam fazer por si mesmos.

"*Vou te deixar do lado de fora da loja: sobre o seu carregador, mas embaixo da escada da galeria*", disse a mulher; ergueu-o e o pôs ao lado da caixa registradora. "*Você só pode sair de noite. Quero te ver aqui toda manhã, para poder te acomodar na vitrine antes de ele chegar, ou ele vai perceber. Combinado?"*

O dragão deu três grunhidos curtos, um pequeno silêncio, e outros dois curtos. A mulher abriu a caixa e tirou uma das etiquetas de presente que ficavam guardadas com o dinheiro. Mostrou-a para a câmera para que ele pudesse lê-la — debaixo do logo, em letras douradas, estavam o endereço e o telefone da loja — e em seguida grudou-a na parte de trás, talvez perto das rodas traseiras.

"*Se acontecer alguma coisa*", disse a mulher, e voltou a colocá-lo no chão, "*procure alguém bom que possa te devolver.*"

Antes de deixá-lo debaixo da escada, deu-lhe um último beijo na testa.

"*Espere!*", grunhiu Marvin. "*Qual é o nome desta cidade?*"

Mas a mulher já devia estar pensando em outra coisa e se afastou sem se virar uma única vez.

CHENG SHI-XU HAVIA COMPRADO um cartão kentuki e tinha estabelecido sua conexão com um dispositivo de Lyon. Desde então passava mais de dez horas por dia na frente do computador. Seu saldo bancário baixava dia a dia, os amigos já quase não telefonavam e a *junk food* estava fazendo um buraco em seu estômago. "É assim que você quer morrer?", perguntou sua mãe ao telefone, talvez porque ela sim vinha trabalhando na própria morte havia muitos anos, embora ele sempre houvesse estado ocupado demais para reparar nisso. Cheng Shi-Xu, por sua vez, estava concentrado em outra coisa fazia mais de um mês: vivia o nascimento de um grande amor, talvez o mais autêntico e inexplicável de sua vida.

A primeira coisa que aconteceu foi que conheceu sua ama-kentuki. Chamava-se Cécile e o tinha ganhado no dia de seu aniversário de quarenta anos. Assim que a conexão do K7833962 se estabeleceu, ela o levantou, o levou ao banheiro e então Cheng Shi-Xu pôde ver tudo. Era um kentuki panda, uma pelúcia fúcsia e turquesa o cobria de ponta a ponta. Na barriga, gravado em plástico cinza, dizia "Rappelez-vous toujours. Emmanuel". Cheng Shi-Xu achou Cécile lindíssima. Alta e magra, os cabelos quase ruivos e o rosto repleto de sardas. Ela lhe sorriu no espelho.

"*Bem-vindo, meu rei*", disse a ele.

Cheng Shi-Xu compreendia bem francês, de modo que entrou na configuração do controlador e desativou o tradutor.

Logo descobriu que o resto do apartamento era tão grande e sofisticado quanto o banheiro, e que era um reino generosamente preparado por Cécile para a total autonomia de seu kentuki. Ela tinha colocado espelhos na altura do piso, pequenas aberturas nas portas e nas janelas que davam para a varanda — como aquelas que em geral são postas para os animais de estimação passarem — e uma longa rampa que, oculta atrás do sofá, percorria de ponta a ponta os três assentos, até a altura dos amplos braços de couro, sobre os quais Cheng Shi-Xu aprendeu a se locomover sem problema.

Cécile impôs regras desde o primeiro dia, sem nenhum pudor e enumerando cada cláusula com os dedos.

— Nunca entre no meu quarto. Se eu chegar em casa com um homem, não saia do seu carregador. Se eu estiver dormindo ou sentada nesta escrivaninha, a circulação fica proibida.

Ele obedeceu.

Com exceção dessas regras, Cécile era atenciosa e divertida. Às vezes iam até a varanda e ela o levantava para que ele espiasse Lyon enquanto ela apontava a praça em que tinha sido erguida a primeira bandeira negra do mundo, o velho armazém onde costumava ser a loja de sedas de sua família, e lhe contava outras histórias de bombardeios e revoluções que seu avô tinha lhe contado naquela mesma varanda.

Cécile e seu apartamento eram um mundo perfeito e, mesmo assim, o melhor ficava no apartamento da frente, o grande reino de Jean-Claude, o irmão de sua ama-kentuki. Às vezes eles se encontravam para tomar chá. Era Cécile que o preparava, mas bebiam na sala de Jean-Claude enquanto ele tocava piano.

Foi nesse apartamento que Cheng Shi-Xu conheceu a mulher de sua vida.

Quando percorreu pela primeira vez aquela sala, chamou sua atenção ver nas vidraças as mesmas aberturas que havia no apartamento de Cécile. O kentuki panda de Jean-Claude estava parado um pouco mais atrás, junto a um grande vaso de orquídeas. Estranhou o fato de levar estampado na barriga as mesmas palavras: "*Rappelez-vous toujours. Emmanuel*". Chamava-se Titina — ou era assim que Jean-Claude a chamava —, e tinha uma única responsabilidade, que ela cumpria a contragosto. Depois de tocar o piano, seu amo — que sempre estava descalço — se sentava na poltrona em frente a Cécile para conversar e tomar chá e deixava as pernas esticadas. Então Titina tinha que esfregar os pés dele com seu corpo de pelúcia, friccionando devagar de um lado e do outro. Cécile os olhava e ria. Se Jean-Claude se distraía, Titina se afastava rapidamente para algum outro canto da casa. Cheng Shi-Xu a seguia feito uma sombra.

Com o tempo conseguiram se comunicar. No banheiro, Jean-Claude tinha pintado um abecedário no piso e Titina se movia sobre ele com graça. Era uma dança que parecia linda quando era ela quem fazia, mas que, na vez dele, dava muito trabalho a Cheng Shi-Xu. Ela escrevia em francês, ele, em inglês. Entendiam-se perfeitamente.

"*meu-nome-é-kong-taolin*", escreveu Titina, "*vivo-em-daan-taipei*"
Ele escreveu também seu nome. Depois escreveu:
"*letras-na-barriga...?!*"
"*emmanuel-comprou-1-kentuki-p/-c/filho-p/ser-dado-dia-q-morreu*"
Titina contou mais histórias da família. Quando Cécile e Jean-Claude eram crianças, o pai deles costumava lhes comprar porquinhos-da-índia. Mas os animais não duravam nem um ano vivos na gaiola. Emmanuel sabia que os filhos agora estavam grandes e que logo não estaria mais entre eles. Queria dar de presente, por fim, um bicho de estimação que durasse a vida toda. O eco de seus motorzinhos dançando sobre os azulejos ressoou na cabeça de Cheng Shi-Xu algumas horas mais tarde, quando, em seu apartamento de Beijing, adormeceu pensando nas coisas que tinham conversado. No dia seguinte, deu um google em "Kong Taolin". O primeiro caractere se escrevia igual ao de Confúcio, e embora Cheng Shi-Xu não soubesse com muita clareza o que isso prenunciava, tinha certeza de que era um bom sinal. Havia dezenas de Kong Taolin em Taipei, mas apenas uma parecia ser do bairro de Da'an. Era gorduchinha e tinha um sorriso encantador. Imprimiu a foto e pendurou-a junto à tela.

Logo Titina lhe deu seu e-mail. Apontou no teclado do banheiro a primeira parte do endereço e ficou um bom tempo dando voltas, brigando com a obviedade de que não havia nenhum signo de arroba no qual se deter. Por fim continuou sua frase com um "-at-", mas só quando ela acrescentou o ".com" foi que Cheng Shi-Xu se deu conta do que se tratava tudo aquilo. Anotou em Beijing, e em Lyon dançou um pouco sobre o teclado, até que conseguiu escrever o seu. Assim que a hora do chá terminou e eles voltaram para o apartamento de Cécile, ele abriu seu e-mail e escreveu para Titina. Despediu-se com uma confissão: "Odeio que você tenha que esfregar os pés dele". Ela respondeu em seguida: "Eu também detesto, mas em compensação ele me ensina francês, duas horas por tarde. Aprendo rápido. Vou fazer uma prova e, com o título nas mãos, vou deixar meu marido". Era casada, a notícia foi um golpe para Cheng Shi-Xu, embora ele tenha ficado grato pela sinceridade. Ela voltou a escrever: "Eu adoro as suas visitas. É isto o que faço o dia inteiro, espero você tocar a campainha".

Pensou que ele também poderia ajudá-la com o francês, entendia Cécile perfeitamente, mas não disse nada. Ela contou que cantava em comerciais. Anexou um vídeo no qual promovia uma marca de chicletes. Não havia nenhuma imagem dela, mas sua voz vibrava no início e no final e ele a achou doce e macia, uma voz ainda mais suave que a que imaginara para ela.

Cheng Shi-Xu procurou no mapa o edifício de Cécile. Foi fácil, pois se lembrava da referência da praça e da primeira bandeira negra, e o lugar onde funcionava a antiga loja de sedas da família. Não demorou em fazer as contas e anotou o endereço em um papel. Queria enviar a Taolin um buquê de flores. Lembrou que precisaria do sobrenome dos irmãos, e que não seria complicado averiguá-lo, embora um segundo depois tenha imaginado a perplexidade de Jean-Claude quando recebesse o buquê. Podia mandar junto um cartão que dissesse "Para Titina", mas para que dar flores a um kentuki que não pode pegá-las nem cheirá-las? E Jean-Claude não era como sua Cécile, não se daria ao trabalho de colocá-las num vaso e deixá-las no chão, à vista dela. Tinha que pensar em outro tipo de presente. E se mantivesse seu plano das flores, mas as enviasse a Da'an? A ideia o fez se endireitar na cadeira de novo, deu um google outra vez em seus dados para tentar conseguir o endereço exato. Não encontrou nada. Em Lyon despertou seu kentuki — que costumava dormir um pouco à tarde sobre o braço do sofá —, pegou a rampa até o chão e procurou por Cécile. Rugiu suavemente duas vezes e ela se agachou e acariciou sua cabeça.

— O que foi, grandalhão?

Assim o chamava.

Não ia com a cara de Jean-Claude, mas como ansiava por aquele teclado que ele tinha desenhado no piso para Taolin. Por que Cécile não fazia algo assim para ele? Não queria que conversassem? Rugiu duas vezes mais, consciente da inutilidade de seus ruídos. Até que se cansou, deu meia-volta e se afastou.

Começaram a se escrever várias vezes por dia. Taolin contava muito sobre seu pai, de quem sentia uma saudade apertada. Fora um homem bom com ela, e ao mesmo tempo um obscuro oficial na Revolução Cultural, tinha feito coisas que ela nunca conseguira entender. Comparado com essas histórias, o passado familiar de Cheng Shi-Xu não era tão interessante, mas Taolin parecia entusiasmada com os detalhes mais banais de sua vida, como aquele verão em que Cheng Shi-Xu acompanhou a mãe e a tia ao Museu de Arte Nacional, então ele enviou por e-mail as fotos do passeio, incluídas as de sua mãe e sua tia, que ela analisou ao longo de vários e-mails, até ter coragem e perguntar se por acaso não haveria, entre tantas fotos, uma em que ele aparecesse.

Cheng Shi-Xu quase não dormiu naquela noite, pensando se devia ou não revelar sua imagem. Se deu conta de que, aos quase quarenta anos, ainda não conseguira decidir se era ou não um homem bonito. Mandou, ela não respondeu. No dia seguinte, na hora do chá e depois da esfregação nos pés, Titina fugiu apavorada para o banheiro e ele a seguiu. Ela se moveu rápido sobre o teclado.

"*vc-parec-meu-pai*", escreveu Titina e lhe piscou um olho.

"*falamos-p/-skype*", ele disse.

Ela aceitou. À noite em Beijing, apesar de Cheng Shi-Xu ter esperado na frente do computador até mais de duas da manhã, Taolin nunca apareceu. Na manhã seguinte ele encontrou um e-mail dela, e quando o abriu, leu:

"Se você voltar a escrever para a minha mulher, vão tocar sua campainha e quebrar a sua cara."

Ficou olhando para a mensagem, não se lembrava de ter recebido algo tão agressivo em toda sua vida. Não sabia se devia ou não responder, se devia ou não se preocupar com Taolin, se por acaso ela sabia da mensagem. Em Lyon, ele desceu pela rampa e foi até o quarto de Cécile. Quebrou as regras ao tentar acordá-la, devia fazer algumas horas que ela tinha se deitado, ele insistiu batendo o kentuki nos pés da cama. Cécile se mexeu nos lençóis, irritada, e arremessou uma almofada que o deixou de rodas para cima. Umas sete horas mais tarde, na manhã de Lyon, Cécile o pegou e o levou até a mesa da cozinha. Tentou falar com ele enquanto preparava um café.

— O que foi, grandalhão? — perguntou. — Será que vou ter que te deixar de castigo, feito um bicho de estimação? Que porra foi aquilo ontem à noite?

Fazia uma pergunta atrás da outra e não parecia interessada em nenhum tipo de resposta. Cheng Shi-Xu se mexia desesperado na mesa, queria dizer: Temos que ir à casa do Jean-Claude! Preciso do teclado dele! Tem alguma coisa muito ruim acontecendo com a Taolin!

Não se encontraram até a tarde. Quando entrou no apartamento de Jean-Claude, atrás das pernas de Cécile, viu que Titina se afastava em vez de ir em sua direção como sempre. Percebeu que descobrir isso era ainda mais doloroso que a mensagem que tinha recebido por e-mail, e ainda assim precisava saber se ela estava bem. Se recompôs e esperou pacientemente ao lado de Cécile. Os irmãos conversaram por um bom tempo, Jean-Claude tocou uma peça interminável e depois esticou as pernas e chamou Titina, que se aproximou timidamente. Quando o show da esfregação dos pés acabou, Cheng Shi-Xu tentou ir para o banheiro com Titina, ela não o acompanhou. Ele voltou e tentou empurrá-la. Lutaram até que Titina chiou e Jean-Claude foi até eles num pulo e, furioso, a levantou do chão. Virou-se para sua irmã pedindo explicações. Não carregava Titina com carinho, nem sequer como um animal, mas a tinha posto debaixo do braço, como se levasse uma melancia do mercado.

— Quero este boneco fora de casa — disse, apontando para o kentuki da irmã.

Por uma semana Cécile ia até o outro apartamento sozinha para tomar chá. Cheng Shi-Xu ficava chiando, batendo insistente na porta, desconsolado. Um vizinho às vezes saía de sua casa para bater na porta de Cécile. Então Cheng Shi-Xu ficava quieto por um momento e tentava aguentar o máximo que podia até que a indignação voltava a crescer.

E então ocorreu o fato da noite passada. Foi a coisa mais espantosa que tinha acontecido na vida de Cheng Shi-Xu. Algo tão injusto e inexplicável que ele não pôde contar nem para a mãe, que ainda não tinha conseguido morrer e teria desfrutado muito de uma boa desgraça alheia. À noite, uma noite em que Cécile tinha saído, Jean-Claude entrou no apartamento da irmã com a chave dele. Acendeu as luzes e olhou para os lados, procurando pelo kentuki. Tinha um olhar aquilino, um gesto agressivo que ele nunca havia notado antes, e em vez de bradar e reivindicar o teclado do banheiro, Cheng Shi-Xu teve o instinto de se esconder. Seu kentuki estava atrás do sofá. Havia lugares melhores onde se enfiar, mas teve medo de, caso se mexesse, o motorzinho acabar delatando-o.

Jean-Claude o procurou pela sala, chamou-o e não demorou em descobri-lo. Cumprimentou-o com uma amabilidade suspeita e se sentou de frente para ele, no outro sofá. Levava um saco na mão direita, que deixou de lado.

— Estive conversando com o marido da senhora — disse —, e chegamos a um acordo.

Cheng Shi-Xu se perguntou se ele se referia ao marido de Taolin, mas por que Jean-Claude estaria se comunicando com esse homem?

— Vamos lá, Dom Juan, está me acompanhando? — Não podia fazer nada além de escutar, então se aproximou. — Isto é o que vamos fazer: Taolin precisa se concentrar nas suas aulas de francês e eu preciso que pessoas com quem eu não vou com a cara parem de se meter no meu banheiro.

Era a primeira vez que ouvia o nome dela na boca dele, que sempre a chamava de Titina. "Taolin", esse nome na boca de Jean-Claude o fez pensar que talvez eles também se escrevessem. Jean-Claude procurou algo no bolso. Tirou uma chave de fenda e se agachou até ele para mostrá-la com soberba elegância.

— Sabe quem mandou isso de Da'an? — disse.

Deixou a chave de fenda no chão e tirou do saco uma caixa branca. Cheng Shi-Xu demorou em reconhecê-la, de fato, não entendeu do que se tratava até que Jean-Claude a abriu e tirou um kentuki.

— Mas não vamos deixar a Cécile triste, não é? — disse.

O kentuki que havia no saco era idêntico ao de Cheng Shi-Xu, o mesmo panda de pelúcia fúcsia e turquesa, a mesma barriga gravada com o mesmo plástico cinza: "*Rappelez-vous toujours. Emmanuel*". Embora Cheng Shi-Xu tentasse se afastar a toda velocidade, Jean-Claude não teve que fazer nenhum esforço para pegá-lo. Em sua tela de Beijing, a sala de Lyon se sacudiu violentamente, e nos alto-falantes seus próprios chiados soavam histéricos e metálicos. Jean-Claude lutava com a chave de fenda para abrir a base do kentuki. Cheng Shi-Xu mexia as rodas para um lado e para o outro, mas sabia que não havia nada que pudesse fazer. Ouviu o ruído da carcaça cedendo e a voz afetada de Jean-Claude, que, antes de arrancar a bateria dele definitivamente, disse:

— Te amamos mais que nunca, Dom Juan.

Um segundo depois, o controlador do computador se fechou e um aviso vermelho anunciou "Conexão encerrada", seguido do tempo total de conexão do K7833962: quarenta e seis dias, cinco horas e quatro minutos.

ENZO DAVA UMA OLHADA NO VIVEIRO enquanto terminava seu café. O manjericão estava firme e lustroso, ele arrancou uma folha e a cheirou. Era estranho conferir o estado das plantas sem o kentuki em volta de suas pernas. Tinham passado um bom fim de semana juntos, mas no domingo à tarde alguma coisa tinha saído errada, algo que Enzo não havia entendido direito, e a toupeira estava sumida desde então. Chamou-a enquanto regava as últimas especiarias. Dizia "toupeira", ou "Kentu", ou "Mister". Voltou para casa e procurou debaixo da mesa e na frente do janelão onde o kentuki às vezes ficava, seguindo os passos de algum vizinho. Procurou também aos pés da poltrona, um canto de difícil acesso para Enzo, onde o kentuki costumava se enfiar para indicar que era a hora de alguém ligar a tevê na RAI.

— Vai praticar italiano, Mister? — perguntava Enzo quando o via ali.

Ligava a tevê para ele e passava canal por canal procurando o programa. Quando por fim apareciam as bundas, os peitos e os gritos, o kentuki ronronava e, ao ouvir isso, Enzo sorria.

Luca se aproximou para dar um beijo no pai e se despediu com sua batida de porta das sete e quarenta. A mãe tocava a buzina e o garoto tinha dois minutos para terminar o último gole de leite, pôr o tênis, pegar a mochila, se despedir e sair. Se demorasse mais, o que a mãe tocava era a campainha, e isso não era bom para ninguém. Enzo voltou a chamar o kentuki. Não estava na sala de jantar nem nos quartos. Temeu que seu filho o tivesse prendido outra vez em algum lugar para deixá-lo longe do carregador. Voltou para a cozinha e saiu para o viveiro. O kentuki não estava em parte nenhuma.

No dia anterior, tinha levado Mister para passear pelo centro histórico. Em vez de colocá-lo na janela de trás do carro, acomodou-o no assento do passageiro, sobre duas almofadas empilhadas. Pôs o cinto de segurança nele e passou a flanela do para-brisa em seus olhos, para se certificar de que a vista estivesse perfeitamente limpa. Do carro, mostrou a ele a torre della Rocca e a Collegiata Santa Maria della Reggia. Depois deram uma lenta volta no canal e no pequeno mercado de agricultores que era montado no primeiro fim de semana de cada mês. Supôs que qualquer estrangeiro gostaria de conhecer uma cidade tão pequena e bonita como a sua. Por fim, estacionou ao redor da praça Giacomo Matteotti, queria passar um instante na farmácia para cumprimentar seu amigo Carlo. Levou a toupeira debaixo do braço esquerdo, contra o peito, como de vez em quando levava as compras.

— Não acredito! — disse Carlo ao vê-lo entrar.

E Enzo teve que explicar que o kentuki era do filho e toda a história da ex-mulher e da psicóloga. Deixou Mister sobre o balcão para que ele perambulasse à vontade entre as coisas de Carlo, que não podia evitar segui-lo com o olhar.

— E onde estão essas pessoas hoje? — perguntou Carlo. — Por que é o homem da casa que sempre acaba levando o cachorro para passear?

Essas pessoas desapareciam de quinta a domingo, pensou Enzo, quando o garoto ia para a casa da mãe e ele ficava sozinho com o kentuki. Sorriu sem dizer nada. Dividiram a lata de cerveja que Carlo sempre tinha em um dos refrigeradores da farmácia e conversaram um pouco mais.

De volta ao carro, Enzo viu uma velha cruzar a praça com outro kentuki. Levava-o atrás dela, preso a uma coleira. A cada tanto ela parava para esperá-lo e o repreendia, puxava a coleira de forma impaciente. Já tinha visto um ou outro kentuki em Umbertide, no colégio de Luca e no caixa de pagamento da prefeitura, mas pela primeira vez percebeu que, para quem não soubesse que dentro daquele aparelho havia outro ser humano, as pessoas com kentukis poderiam parecer muito esquisitas, mais malucas inclusive que as que falavam com os animais de estimação e as plantas. Entrou no carro com Mister e os dois ficaram olhando a velha e seu kentuki, que agora puxavam cada um para um lado diferente.

De volta à casa, arrumou e limpou a cozinha, recolheu as coisas de Luca espalhadas pela sala e as levou para o quarto. O quarto do menino era uma calamidade. Enzo não gostava de pressioná-lo com a ordem, isso não tinha adiantado quando sua própria mãe o instigava incansavelmente, então por que funcionaria com o filho? Às vezes Mister empurrava alguma meia perdida da cozinha até o quarto ou separava, com muita paciência, um por um, os papéis de bala que o menino deixava pela casa toda, encostando-os em lugares em que fosse mais fácil recolhê-los. Enzo ficava observando, curioso por tanta devoção. Se Luca estava em casa, Mister o seguia por todo canto, ainda que à distância, tomando cuidado para não o incomodar. Não batia nas pernas dele nem tentava chamar sua atenção para que lhe fizesse perguntas ou lhe indicasse onde estava o carregador, como fazia com Enzo. Talvez porque sabia que, se ficasse a seu alcance, o menino o afastaria, o fecharia em algum lugar ou, como vinha sendo seu costume, o poria em alguma prateleira da qual ele não conseguiria descer, até que Enzo o encontrasse. Mas Mister era um guardião fiel e só se permitia suas horas de ócio — de RAI e de janela — quando o menino não estava mais na casa. Se Enzo mandasse Luca fazer lição de casa e o menino se distraísse, o kentuki ia até Enzo para lhe avisar. Se o menino dormisse assistindo a alguma série, ia até Enzo e ele já imaginava do que se tratava. Carregava o menino no colo e o punha na cama.

Mister tinha assimilado perfeitamente suas funções de copaternidade, e Enzo se sentia grato. Rico ou pobre, em sua outra vida o kentuki era, evidentemente, alguém com bastante tempo livre. Que tipo de vida teria Mister do outro lado? Não parecia haver nada que o afastasse dessa existência que levava com eles. Estava ali da manhã até a noite. Dava para contar as vezes em que Enzo o encontrara no carregador durante o dia, e se isso acontecia, era porque o menino tinha se encarregado de impedi-lo de fazer a recarga à noite. Já eram quase dois meses juntos. De tempos em tempos, quando o via segurando a porta de tela para que Enzo pudesse tirar o lixo, ou quando, de noite, o kentuki ia e vinha de seu quarto ao corredor para indicar que ele tinha esquecido outra vez a luz de fora acesa, Enzo ficava olhando-o com uma mescla de pena e gratidão. Sabia que esse bicho de pelúcia não era na verdade um animal de estimação e se perguntava que tipo de pessoa poderia precisar cuidar tanto deles — quem sabe um viúvo, ou um aposentado sem muito o que fazer —, mas sobretudo, se não havia algo que ele pudesse fazer em troca de tanta atenção.

Então um dia antes, já em casa e depois do passeio por Umbertide, abriu uma cerveja e foi se sentar no jardim, na espreguiçadeira. Mister o rodeava e Enzo se inclinou para que pudesse vê-lo. Chamou-o. Esperou para tê-lo diante de si e tomou coragem para perguntar:

— O que está fazendo aqui, o dia todo com a gente?

Enzo deu um longo gole de cerveja.

— Por que faz isso, Mister? O que recebe em troca?

Eram várias perguntas e nenhuma delas se poderia responder com sim ou com não. Enzo entendia quão frustrante era para ambas as partes; e mesmo assim, o que mais podia fazer? Isso é uma veadagem, pensou Enzo, estou virando um sentimental com dois quilos de pelúcia e plástico. O kentuki não se mexeu, nem ronronou, nem piscou. Então Enzo teve uma ideia. Largou a cerveja no chão e se levantou da espreguiçadeira. Talvez assustado com o salto, o kentuki ergueu o olhar para não perdê-lo de vista. Enzo entrou em casa e um instante depois voltou com lápis e papel.

— Mister — disse, enquanto se sentava de novo na frente do kentuki e anotava um número. — Me telefone — segurou o papel diante dele. — Me telefone agora e me diga o que posso fazer pelo senhor.

Sabia que estava propondo algo estranho. Ultrapassava os limites, como se usasse o melhor brinquedo de seu filho para seu próprio benefício — algo que sua mulher e a psicóloga com certeza reprovariam —, e ao mesmo tempo não podia acreditar que uma ideia genial como aquela não lhe tivesse passado pela cabeça antes.

Quando achou que já tinha transcorrido tempo suficiente para que qualquer um conseguisse anotar um número, deixou o papel ao lado da cerveja e foi pegar o telefone. Voltou e o kentuki continuava na mesma posição. Talvez, em sua casa, Mister ainda tivesse um telefone fixo e caminhasse até ele o mais rápido possível, tão excitado estava Enzo esperando aquela chamada. Achou uma sorte que o menino não estivesse, e se perguntou se seria uma boa ideia contar-lhe depois o que estava perto de acontecer. O kentuki continuava imóvel diante dele. Talvez o velho por trás do kentuki estivesse muito atarefado, procurando com o que anotar, para também se ocupar em manipular o boneco. Enzo ainda esperou um pouco mais, atento ao telefone em silêncio de sua casa, tentando conter o sorriso. Esperou mais cinco minutos, quinze, uma hora, mas o telefone nunca tocou. Por fim se levantou e foi pegar outra cerveja. Voltou e ficou tão indignado por encontrar o kentuki em posição idêntica que entrou outra vez na casa e começou a preparar o jantar. Em certo momento o escutou lutar com a porta de tela e cruzar a sala. Enzo virou-se para o corredor e o viu se afastar para o quarto do menino.

— Ei! — Limpou as mãos com o pano de prato, disposto a alcançá-lo. — Pssst. Mister.

O kentuki não se virou, não parou, e Enzo ficou sozinho na sala, tentando entender que cacete estava acontecendo com aquele aparelho.

Aquela fora a última vez que o vira antes de perdê-lo completamente de vista. No dia seguinte, já cansado de procurá-lo, Enzo voltou a tomar conta do jardim e do viveiro, cantarolando e assobiando. Antes, quando o chamava, Mister ronronava. Fazia isso duas ou três vezes e assim se encontravam. Mas agora não havia pistas e, de alguma maneira, isso confirmava suas suspeitas de que o assunto do telefonema o tinha incomodado.

Encontrou-o algumas horas mais tarde, por acaso; estava no quartinho onde pendurava casacos, dentro do armário que, evidentemente, Luca tinha fechado com chave. Havia gastado quase toda a bateria tentando sair do cesto de roupa suja, o que era absolutamente impossível para um kentuki, e agonizava com um ronronar exaurido, um lamento tão fraco que só se podia ouvir quando Enzo o segurava bem perto da orelha.

EMILIA ACORDOU SEU KENTUKI e encontrou a câmera deitada. No chão da cozinha de Eva, ela podia ver quatro pés descalços que iam e vinham. Quatro pés descalços? Emilia franziu o cenho e com os olhos procurou seu celular. Embora não fosse telefonar para o filho por causa de uma bobagem assim, a situação não deixava de ser preocupante, e era bom saber que o telefone estava por perto. Reconheceu os pés de Eva e entendeu que os outros — mais robustos, mais peludos — eram os pés de um homem. Tentou mover o kentuki, mas a tinham deitado na casinha. Chiou. Nem sempre chiava, então o chamado funcionou. Eva caminhou até ela e a pôs no chão, endireitando outra vez a câmera. Isso esclareceu muitas coisas e confirmou o que Emilia temia: Eva estava nua. O homem também estava nu, e agora preparava algo no fogo agitando uma frigideira. Eva jogou um beijo para a câmera e se direcionou para o banheiro. Por um momento, Emilia hesitou. Em geral a seguia, Eva nunca fechava a porta e ela a esperava do lado de fora, as costas do kentuki discretamente apoiadas na parede do corredor. Mas havia um homem na casa. Não era perigoso se afastar, deixar aquele intruso sozinho na cozinha? Será que Eva esperava que sua coelhinha se atentasse ao que estava acontecendo enquanto ia ao banheiro? Ficou na entrada do corredor, olhando para a cozinha. O homem abriu a geladeira, pegou três ovos, quebrou-os na frigideira e deixou as cascas na mesa. O cesto de lixo estava a alguns centímetros, embora talvez ele não soubesse. Agitou a frigideira com uma leve inclinação de cabeça, como se seguisse alguma técnica, e arrotou. Foi um barulho seco e baixo, que dificilmente Eva poderia ter escutado do banheiro. Depois abriu a geladeira e protestou. Emilia achava que o homem falava alemão, mas era impossível saber, o tradutor parecia não funcionar com ele. Então ele se virou para a sala. Seu sexo escuro e peludo se pendurava entre as pernas — onde mais?, quase já tinha esquecido. Emilia deu um pulo na cadeira de vime. Ela também precisava ir com urgência ao banheiro, mas não queria deixar Eva sozinha com aquele homem, não podia ir agora. Também não podia mover o kentuki: não estava claro se ele estava olhando para a sala ou se olhava para ela, e embora tenha pensado em se esconder, concluiu que escapar talvez a denunciasse. Emilia se arriscou. Voltou a se sentar na cadeira e fez o kentuki retroceder alguns centímetros. Percebeu o erro quando o homem a seguiu com o olhar. Ele foi até ela e Emilia girou o kentuki e se retirou o mais rápido possível para o corredor, em direção ao banheiro. Ouviu os passos às suas costas. Tentou acelerar mais, apertou tão forte o dedo no teclado que se machucou, não havia como ir mais rápido. Dava para escutar os passos do homem bem perto e Emilia perdeu a respiração. Conseguiu pegar o corredor em direção ao banheiro, mas muito antes que pudesse entrever Eva, a ergueram do chão. Chiou. Viu no teto do corredor um sótão que nunca tinha desconfiado existir, e então a cara dele, enorme em sua tela, barba de uns dois dias e os olhos muito claros, muito grandes, na frente dela. Tinham algo de loucura e a estavam procurando. Agora apenas um olho, como se um gigante tivesse se apoderado de sua casa e acabasse de encontrar em seu computador um buraco pelo qual vê-la. Ele a tinha encontrado. Disse uma palavra que lhe soou como uma grosseria e que o tradutor não esclareceu. Emilia soltou o mouse e fechou a camisola com as duas mãos. Então ouviu um ruído ainda mais desesperador: o chuveiro. Eva tinha aberto o chuveiro. Sua menininha que vivia sozinha e aparentemente sem nenhum adulto por perto levava um homem para casa e o deixava circulando sozinho enquanto ela tomava banho. Em sua casa, Emilia voltou a ficar de pé. Estava furiosa e não conseguia se afastar do computador. O kentuki balançava no ar, estavam voltando para a sala. O homem deixou-o sobre a mesa e se inclinou para observá-lo. Quando se endireitou, seu sexo ocupou toda a tela de Emilia. Não se parecia em absoluto com o de seu marido, tão mais pálido e mole. O homem falava em alemão e o sexo a olhava. Talvez todas as genitálias masculinas falassem só em alemão e por isso ela nunca tivesse se entendido bem com seu Osvaldo. Permitiu-se sorrir, orgulhosa também do quão moderna se sentiu de repente, controlando seu kentuki enquanto superava com graça as recordações de seu maior fracasso, atenta a esse grande sexo de macho alemão que agora podia olhar sem sentir vergonha. Era uma história digna de se contar para as meninas na terça-feira, depois da natação, até pensou em tirar uma foto. Então girou sobre a mesa de sua ama e viu algo do qual não podia rir. O homem xeretava a bolsa de Eva. Ele tirou a carteira e abriu, olhou os documentos e os cartões, contou o dinheiro e pegou um maço de notas. Emilia chiou — como a irritava que isso fosse a única coisa que podia fazer. Ele chegou a levantá-la, ela conseguiu se safar. Tentou se mover em círculos, gritando feito uma verdadeira galinha enquanto ele tentava agarrá-la. Foram apenas alguns segundos de destreza. Até que ele a ergueu de novo e a levou para a cozinha. O vaivém a deixou tonta. Quando parou, notou que o alemão estava a ponto de enfiá-la debaixo da torneira. Por um momento viu as cascas de ovo, bem de perto, a baba da clara escorrendo sobre a fórmica limpa. A torneira cuspiu um grande jorro de água. Se fosse molhada, pensou de repente, algo dentro dela poderia estragar, parar de funcionar. Chiou outra vez. Ouviu o ruído oco do jorro batendo sobre sua cabeça. Voltou a chiar. Realmente aquela montanha bruta de carne podia deixá-la fora do jogo? Debateu-se o mais rápido que pôde e conseguiu cair na pia. Ele a capturou de novo.

"*Tem ovo para mim?*"

A voz de Eva irrompeu suave e fresca, enquanto a mão dele outra vez prendia o kentuki. Ele pareceu se explicar, e Eva o escutou distraída enquanto secava os cabelos úmidos com uma toalha. Depois o tranquilizou, não precisava limpar o kentuki, ela também o engordurava às vezes, a única coisa importante era manter os olhos impecáveis.

"*Porque ali é onde fica a câmera*", disse Eva pegando sua coelhinha.

Emilia repetiu para si mesma o que Eva acabava de dizer. Ao falar "a câmera", a garota se referia a ela, a Emilia, pela primeira vez. E isso era dar por certo que havia alguém dentro da coelhinha, alguém que Eva amava e de quem cuidava. Essa feliz revelação lhe pareceu ainda mais forte que a imagem do sexo do alemão. Que grande aventura, pensou Emilia. Eva a deixou no chão outra vez e se afastou. Continuava nua da cintura para baixo, e Emilia sentiu que amava essa pequena mais que nunca. Eram importantes uma para a outra, o que passavam juntas era algo real. Seguiu-a até a sala, seguiu seu bumbunzinho nu, pequeno e perfeito, que a inundou de uma ternura parecida com a que tantas vezes tinha sentido pelo filho, quando ainda era uma criança. Eva se jogou no sofá e Emilia bateu suavemente na ponta de seus pés. Assim conseguiu fazer com que a garota por fim a erguesse e a pusesse ao lado dela, olhando para a cozinha. O homem se aproximava com a comida servida em um prato. Fez uma pergunta; se era para trazer sal e pimenta, quem sabe? Emilia não conseguia entendê-lo, intuía suas palavras pelas respostas de Eva: que sim, disse ela, que claro que tinha alguém ali, dentro da coelhinha. E o homem, da cozinha, parou de sorrir e olhou Emilia nos olhos.

MARVIN FECHOU A PORTA DO ESCRITÓRIO e ligou o tablet em cima dos livros. Já não tomava cuidado de ter sempre o caderno e um lápis à mão caso o pai entrasse e fosse necessário pular da tela para os livros. Desde que havia sido determinado que ele passasse três horas por dia nesse cômodo, nem uma única vez o pai ou a mulher encarregada da casa tinham se incomodado em passar ali para controlá-lo. No jantar, seu pai perguntava como iam as coisas, se as notas estavam boas. As notas chegariam em três semanas e seriam terríveis, mas a essa altura Marvin já não seria um garoto que tinha um dragão, e sim um dragão que levava um garoto dentro. As notas eram um assunto menos importante.

Sua ama cumprira a promessa e o deixara debaixo da escada da galeria, em cima de seu carregador. Marvin a viu se afastar e esperou para mover o kentuki. Desceu do carregador e movimentou o dragão ao longo da galeria, até chegar na calçada. Não havia ninguém na rua, nem um rastro de neve. Distanciou-se alguns metros da loja, rente à parede. A cidadezinha parecia menor do que ele tinha imaginado. Pensou que o degrau da calçada seria um problema, mas quase não existia diferença de altura entre o meio-fio e a rua. O kentuki desceu na primeira tentativa, quase não tropeçou. Não havia prédios de mais de dois ou três andares, e as construções, embora parecessem de qualidade superior e muito mais modernas que as de Antígua, eram quadradas e singelas. Quando girou para a esquerda, para conferir se não vinha nenhum carro antes de atravessar a rua, descobriu o mar. O mar? Era algo extraordinário demais para ser o mar, ou ao menos para ser o mar tal como ele o conhecia. Aquele era um espelho verde e luminoso, emoldurado por brancas montanhas de neve. Marvin ficou ali um instante, apenas olhando. As luzes tênues e douradas da cidadezinha margeavam a orla e escalavam só até o pé das montanhas.

Uma caminhonete dobrou a rua bem perto do kentuki e Marvin voltou a si. Atravessou e desceu em direção ao porto. O que Marvin queria, o que ele teria pedido, caso alguém tivesse se oferecido para realizar seu desejo, era chegar até a neve. Mas um kentuki não podia escalar pela neve e, embora as montanhas parecessem próximas, sabia que estavam a quilômetros de distância. Pegou um aterro para a direita. A poucos metros começava a praia. Marvin lamentou que o kentuki não pudesse pegar nada, havia conchas e muitos tipos de pedrinhas. Ele gostaria de poder levar uma lembrancinha para a mulher, encontrar um modo de agradecer por sua liberdade. Na calçada em frente, a porta de um bar se abriu e dois homens saíram cantando, apoiando-se um no outro. Marvin não se mexeu até se certificar de que eles tivessem se afastado o suficiente. Seguiu seu caminho por mais meio quarteirão, e então alguém o ergueu. Foi um movimento rápido, inesperado. Marvin balançou as rodas do dragão, tentou girar para um lado e para o outro. Uma voz masculina falava com ele, mas o tablet não traduzia. Lembrou-se da etiqueta que a mulher tinha grudado nele; estariam lendo-a? O porto estava de cabeça para baixo e, de repente, tudo escureceu. Parecia que alguém o tinha colocado dentro de um saco e caminhava. Esperou. E mesmo se o soltassem em seguida ou se ele conseguisse escapar, não saberia mais como retornar, estaria completamente desorientado.

Tentou ficar calmo. Disse a si mesmo que não havia muito o que ele pudesse fazer. Chamaram-no para o jantar, e pela primeira vez desde que a história do kentuki tinha começado, pensou em levar o tablet junto. Era algo muito arriscado. Poderia levá-lo para o quarto, escondido entre algum de seus cadernos, tentar voltar ao dragão depois do jantar, assim que todas as luzes da casa tivessem se apagado. Mas seu pai usava o escritório antes de ir para a cama. Sempre queria ver o tablet de Marvin ali, fechado e ao lado dos livros. O escritório era o único lugar em que Marvin tinha autorização para usar o tablet.

"*Welcome to heaven*", ouviu.

Alguém falava com ele em inglês. A luz voltou, cegou a câmera e depois apareceu uma imagem completamente diferente daquela do porto. O dragão estava outra vez sobre suas rodas. Era um cômodo amplo, o piso era de madeira. Parecia um salão de dança, ou de ginástica, um salão em que, Marvin imaginou, caberiam os três carros de seu pai. Quando girou, ficou de frente para um kentuki. Era um kentuki toupeira e por um momento ele não entendeu nada do que estava acontecendo. Chegou a pensar que talvez o espelho em que vira seu dragão tivesse sido um truque da mulher, e que essa toupeira fosse seu verdadeiro reflexo. O kentuki chiou e se afastou. Então outro kentuki, um coelho, passou ao lado dele dando-lhe uma leve batidinha e ficou olhando. Duas pernas iam e vinham entre os kentukis. Por fim se ajoelharam e Marvin reconheceu o garoto do anel, o garoto que escrevia as mensagens de "Libertem o kentuki!" no vidro da loja de eletrodomésticos. Usava os cabelos soltos e parecia muito diferente de camiseta, sem todos aqueles casacos.

"*Can we speak in English?*", perguntou.

Entendia, claro que entendia inglês, e ainda assim como se esperava que ele respondesse?

Então, do outro lado do mundo, o pai gritou seu nome e advertiu que aquela era a segunda vez que o chamava para jantar.

— Se eu tiver que subir...! — gritou.

Mas já estava subindo. Os passos rangiam na escada. Marvin desligou o kentuki e o tablet. Fechou os livros e empilhou suas coisas na ordem em que o pai esperaria encontrá-las.

Jantaram na sala com o rádio ligado. A mesa era grande demais para os dois apenas, então a mulher que se encarregava da casa punha uma toalha dobrada em uma das pontas e preparava um lugar de cada lado. Dizia que isso lhes dava intimidade, que era importante que em uma mesa um comensal pudesse passar o pão ao outro. Embora na mesa à qual Marvin se sentava toda noite não se ouvisse nada além do rádio, e nunca na vida tivesse visto o pai passar o pão a alguém.

Quando terminaram de jantar, seu pai subiu ao escritório para atender um telefonema. Só então Marvin se lembrou da bateria. Nunca tinha se desconectado sem calçar seu kentuki na base do carregador. Já tinha caminhado bastante e usado muita bateria, mais do que estava acostumado. Se deu conta de que se ninguém pusesse seu dragão para carregar até que ele voltasse a se conectar, nunca mais poderia ativá-lo de novo.

— Você está bem, Marvin? — perguntou a mulher enquanto recolhia os pratos.

No caminho para seu quarto, Marvin ficou por um momento diante da porta do escritório. Espiou o pai pela fresta da porta entreaberta, tomando cuidado para não ser visto. Estava inclinado sobre os papéis, os cotovelos na mesa e a cabeça apoiada nos punhos. O tablet estava um pouco mais ao lado, ao alcance de um gesto do pai, o botão de liga-desliga tremulando sobre a pilha de livros.

GRIGOR TINHA VENDIDO VINTE E TRÊS "conexões de kentukis preestabelecidas", assim as chamava nos classificados. Algumas tinham sido vendidas em menos de vinte e quatro horas. Excluindo as que já havia entregado, restavam cinquenta e três conexões abertas. Ele as publicava com suas planilhas de características: cidade, meio social, idade dos amos, atividades do entorno. Tirava fotos das vistas nas telas e também as subia, tomando cuidado para que os amos nunca aparecessem, tentando comunicar da forma mais fiel possível que tipo de experiência podia oferecer cada conexão.

Seu pai bateu na porta, entrou fazendo o menor ruído possível, deixou um copo de iogurte com uma colher na mesa e saiu. Quando Grigor foi agradecer, o pai já não estava. Devorou-o em várias colheradas. Ou a receita tinha melhorado, ou realmente fazia muitas horas que não comia. Tudo passava agora rápido demais e ele não achava que seu negócio pudesse durar muito mais antes de que alguma deliberação absorvesse uma brecha legal como aquela. Mas enquanto isso o plano B ia às mil maravilhas, e se ainda restassem pela frente alguns meses de trabalho, Grigor tinha certeza de que poderia guardar bastante dinheiro.

Os cartões com os códigos podiam ser comprados online e eram baixados virtualmente, mas para cada conexão era necessário um tablet novo, porque uma vez instalado o kentuki em um dispositivo, não podia mais ser transferido a outro. Então comprava uma média de cinco tablets por semana e, para não gerar suspeitas, fazia isso em diferentes locais da cidade. No fim os tablets saíam mais barato que os códigos de conexão, que já eram tão caros quanto os próprios kentukis. Por que o preço dos códigos continuava a subir? Seria uma compensação do próprio mercado? Realmente havia mais gente interessada em olhar que em ser olhada? Grigor não precisava de sofisticados estudos do mercado de tecnologia, ele podia tirar as próprias conclusões apenas com um pouco de bom senso. Ainda que os prós e os contras de escolher amos ou kentukis nunca deixassem completamente claras as vantagens de cada grupo. Pouca gente estava disposta a expor sua intimidade diante de um estranho, e todo mundo adorava espiar. Comprar um dispositivo era obter algo tangível, algo que ocupava um lugar real na casa, era o mais parecido no mercado com ter um robô doméstico; comprar um código de conexão, por outro lado, era gastar uma soma grande de dinheiro em troca apenas de dezoito dígitos virtuais, além do que as pessoas adoram tirar coisas novas de caixas sofisticadas. Um preço igual manteria por um tempo certa proporção na demanda, e ainda assim Grigor pensava que, cedo ou tarde, a balança se desequilibraria para os códigos de conexão.

Uma mensagem chegou com um novo pedido. Acabavam de comprar o kentuki de Kolkata, o da menina do maior bairro chinês da Índia: "Família humilde, pai e mãe ausentes a maior parte do tempo. Três filhos entre quatro e sete anos. Três ambientes. Saídas diárias do kentuki para uma creche infantil. Carregamento noturno ao lado da cama da menina". O cliente assinava com um nome feminino e no final ia um PS que Grigor achou pessoal demais: "Será o mais parecido com ter uma filha", dizia, "serei grata pelo resto da vida". Em geral preferia não saber nada sobre as pessoas que compravam as conexões dele. Simplesmente se certificava de que o dinheiro tinha caído, punha o tablet dentro de uma caixa — desligado e com a bateria cheia — e o enviava, registrado, para onde tivessem lhe indicado.

Às vezes imaginava seu quarto como uma janela panóptica com múltiplos olhos ao redor do mundo. Na verdade, era impossível ter mais de seis ou sete kentukis ativos ao mesmo tempo, a mesa não era tão grande e ele tinha só duas mãos. Tinha que mover os kentukis por suas diferentes áreas, em alguns casos carregar suas baterias, interagir minimamente com os amos que, em geral, haviam esperado várias horas antes que seus kentukis por fim despertassem e fizessem alguma coisinha. Também tinha comprado duas câmeras pequenas com tripés, para gravar algumas conexões de forma analógica. Tinha refletido muito antes de fazer um gasto assim; perguntava-se se filmar diretamente a tela — em vez de pagar algum hacker de tablets e guardar as imagens de forma digital — não seria um recurso muito primitivo. Logo descobriu o sucesso que tinham esses vídeos em seus classificados, o formato analógico dava às gravações um verniz caseiro e ao mesmo tempo verossímil. Os clientes podiam ver também o tablet único e exato que estavam prestes a comprar, e as mãos de Grigor, que entravam na câmera às vezes, davam transparência a todo o serviço. Era como comprar um filhotinho sabendo quem tinha cuidado dele até então e como tinha se comportado bem. Quando subia três ou quatro vídeos de algum kentuki nos classificados, a conexão costumava ser vendida no mesmo dia.

À tarde, seu pai costumava se sentar na cama e olhar as telas com o cenho franzido. Grigor tinha tentado lhe mostrar algumas conexões — já não podia continuar crescendo sem ajuda —, mas o pai parecia não entender nem sequer que se tratava de um jogo. Embora tivesse pensado em chamar algum amigo, não conhecia ninguém realmente de confiança. No mercado havia outros como ele, e alguns tinham muito mais vendas. Perguntava-se como dariam conta, e se haveria mais brechas legais que estivessem lhe escapando.

E também tinha acontecido uma coisa desagradável. Uma coisa na qual preferia não pensar e que, no entanto, não conseguia tirar da cabeça. Esse garoto ricaço que fizera aniversário, e que Grigor tinha imaginado perto das praias cubanas de Miramar, era na verdade de Cartagena, e o menino mal prestava atenção nele. Tinham posto seu carregador na cozinha, uma cozinha tão grande quanto o apartamento que Grigor dividia com o pai. Duas mulheres e um homem circulavam durante o dia pela casa com uniforme, enquanto os pais brigavam na frente do garoto e dos empregados toda vez que se viam. Outro homem vivia na casa, talvez fosse o tio do menino, e esse homem às vezes movia o kentuki para lugares insólitos. Escondia-o no quarto de casal dos pais, tentando estacioná-lo em um lugar do qual não pudesse sair, de modo que os pais brigavam, ou transavam, ou rodopiavam coisas no ar, e de repente descobriam o aparelho, e um dos dois o punha para fora do quarto. Uma tarde, o homem pôs o kentuki no banheiro do casal, sobre a prateleira das toalhas. À beira do abismo, Grigor viu a mãe entrar e sair nua do banho, se secar, se sentar no vaso sanitário e ficar alguns minutos tirando os pelos dos joelhos com uma pinça. A cada tanto, urinava. Foi tudo muito desconfortável. Mas aquela coisa tão desagradável que Grigor não conseguia tirar da cabeça era algo muito pior, algo realmente horrível.

Aconteceu pela tarde. Da sala principal, o homem chamou o kentuki. Grigor tentou se esconder, mas não fez isso a tempo, então o homem foi até ele, o ergueu e pôs nele o que parecia ser uma venda de pano. Embora não pudesse mais ver, ainda podia ouvir. Assim, presumiu que haviam saído da casa e entrado em um carro. O carro andou por uns quarenta ou cinquenta minutos. Grigor aproveitou esse tempo para se ocupar com outros kentukis, sem deixar de estar atento ao que se passava. Pegaram uma estrada de cascalho. Depois desligaram o motor e se ouviram os latidos de cachorros. Uma porta se abriu e se fechou. Pelas alternâncias de luz que se filtravam através da venda, deduziu que tinham parado em uma região aberta e que o estavam tirando do carro. Ouviu o mugido de uma vaca ao longe. Caminharam bastante, uns sete ou oito minutos. Pouco a pouco um murmúrio estranho foi crescendo. Um grande portão se abriu e em seguida se fechou. Agora o som tinha mudado radicalmente. Demorou para entender, era ensurdecedor, agudo, multitudinário. Quando lhe tiraram a venda, viu que estava em uma caixa gradeada. Não alcançava o chão: boiava numa espécie de massa de frangos que esticavam a cabeça para conseguir respirar. Pisavam-se e bicavam-se, gritavam de asfixia e de espanto, beliscavam-no. Não era uma única gaiola, eram centenas, corredores e corredores delas. Os frangos gritavam, tinham arrancado seus bicos e as feridas estavam abertas. Uma espessa nuvem de plumas sobrevoava o teto e os corredores da grande câmara de metal. Viu as plumas cinzentas e sintéticas de seu kentuki voarem entre as amarelas. Um dos frangos diante dele, ou em cima, ou debaixo — tudo se mexia muito rápido —, bateu em sua câmera, enlouquecido. Acabava de perder o bico, e quando em sua histeria tentava se defender, manchou a câmera de sangue. Foi um novo grito que paralisou Grigor, um grito de um terror insuportável que, filtrado pelo ruído agudo dos alto-falantes de sua mesa, o obrigou a desconectar num puxão os cabos do áudio e a desligar o tablet. A conexão K5222o98o durou apenas vinte e sete segundos mais. Depois, Grigor tirou esse anúncio de seus classificados e reinstalou o sistema operacional do tablet. Em breve o usaria para alguma outra conexão.

QUANDO POR FIM CHEGOU A BUENOS AIRES, soube que seu tio já tinha parado de falar. Na entrada do apartamento, uma enfermeira lhe abriu a porta, segurou gentilmente seu casaco e perguntou se fizera uma boa viagem e se queria tomar um chá antes de ver o tio. Claudio aceitou. Durante o voo, por várias vezes tinha se imaginado indo diretamente ao quarto e dando um bom abraço no velho — não ficaria sentimental, tentaria algo desse humor sombrio com o qual sempre tinham se comunicado —, mas a enfermeira pôs o chá em suas mãos, apontou uma cadeira e tentou lhe explicar um pouco a situação: o que ouvia no quarto do lado não eram roncos, e sim a única forma pela qual seu tio conseguia respirar. Seu corpo estava muito rígido e, ao pensar nessa palavra, Claudio sentiu o próprio corpo se endurecer. Depois pensou: "Está acordado, está escutando esta conversa".

No chão, atrás da cadeira da enfermeira, viu um carregador. Parecia com a base redonda de sua chaleira elétrica, a que comprara assim que chegara a Tel Aviv. Lembrou que uns três meses antes, no mesmo lugar e sob a recomendação de uma insistente vendedora, tinha comprado um kentuki para o tio e o havia enviado por meio de um conhecido. Não tinha falado com ele desde então.

A enfermeira continuou.

— Acho que não passa desta noite — disse, e olhou seu relógio —, tenho que deixar o plantão em vinte minutos e antes preciso lhe explicar algumas coisas.

Claudio pôs o chá na mesa.

A enfermeira lhe mostrou onde estava a morfina e como injetá-la. Passou seus dados e os números de emergência caso algo acontecesse, embora tenha sugerido, muito delicadamente, que era hora de deixá-lo ir. Deu a ele um envelope que o pai de Claudio deixara na semana anterior, quando também passou por Buenos Aires para se despedir do irmão.

— Seu pai disse que isso é tudo o que vai precisar para a funerária.

Só então Claudio compreendeu que também teria que se encarregar disso. O nó apertado que tinha na garganta e no peito e que o espreitava desde o aeroporto ameaçou asfixiá-lo. Inspirou fundo e segurou o ar. Disse a si mesmo que se ocuparia do nó em outro momento.

A enfermeira foi embora e Claudio ficou em pé por um instante, no meio da sala. Se deu conta de que já não era tão fácil correr ao quarto para dar um abraço no tio. Ouvia-o roncar, ou respirar, e agora que sabia o que significava aquele som, era difícil suportá-lo. Tornava-se mais intenso às vezes, se consumia com a falta de ar.

Outro ruído o distraiu, e em vez de ir ao quarto desviou para a cozinha. Parecia que a enfermeira tinha esquecido alguma coisa ligada. Aproximou-se. Era um ruído suave e intermitente, ocasional. Quando descobriu o kentuki, entendeu. Em Tel Aviv havia gente que até circulava com eles pela calçada, mas nunca tinha reparado no barulho que faziam ao se mover. Estava escondido debaixo da pequena mesa de café da manhã. Agachou-se, chamou-o estalando os dedos e o kentuki, em vez de se aproximar, se afastou para o outro lado. O pequeno display que tinha entre as rodas traseiras estava vermelho e, no entanto, o bicho não parecia ter nenhuma intenção de ir até a base do carregador. Ao contrário, se enfiou em outro canto da cozinha. Achou estranho, mas o que ele sabia sobre aqueles bonecos? Aproximou-se outra vez, o kentuki o olhava imóvel, não tinha para onde escapar. Tocou-o com o dedo, dando umas batidinhas na testa. Nunca tinha olhado um com tanta atenção e se perguntou o que pensariam seus professores de nanotecnologia do Instituto Weizmann se soubessem que ele, num arroubo de saudade e ternura, tinha dado de presente ao tio um aparelho como aquele.

Voltou à sala e a respiração do tio o obrigou a ir até a vidraça e sair um pouco à varanda. O ruído rouco agora lhe chegava da janela do quarto. Duas largas barras de madeira serviam de parapeito, sem chegar a encostar no piso. Claudio se apoiou e, por baixo, avançou as pontas dos sapatos no vazio. Era algo que sempre tinha feito nessa varanda, desde menino. O tráfego da avenida Cabildo aguardava nos semáforos. Sentia falta de Buenos Aires e, parado onde estava, também sentia falta de sua nova cidade. Segundo o Google Maps, vivia a 12 211 quilômetros da casa de sua infância, mas fazia muitos anos que a casa de sua infância tampouco existia.

Foi difícil voltar à sala. Uma vez dentro, já não encontrou em que mais se demorar, então se dirigiu ao quarto. O corpo do tio estava sob a manta perfeitamente esticada até o peito. A cabeça arqueava estranhamente para trás, à mercê do ronco. Permaneceu por um instante no batente, surpreso com o silêncio da própria respiração. Por fim deu um passo na direção da cama.

— Olá — disse Claudio.

Disse isso porque pensou que seu tio não podia ouvi-lo. Então a mão direita se levantou até ele e com a palma aberta o chamou. Claudio engoliu a saliva. Aproximou uma cadeira e sentou a seu lado.

— Gosto do seu kentuki — disse Claudio.

E em um movimento evidentemente descomedido para seu estado, o tio levantou ambas as mãos e as esticou em direção à janela. Uma careta leve se desenhou no esquelético maxilar e as mãos caíram juntas, vencidas, ao lado do corpo.

— Precisa de mais morfina?

Talvez fosse a primeira vez na vida que ele dizia aquela palavra. O tio não negou nem assentiu, mas pelos ronquidos Claudio sabia que continuava vivo. Por que tinha apontado com tanto desespero para a janela? Sentou-se na cadeira e olhou ao redor. As estantes, bancos e mesas que o tio costumava ter repletos de livros e partituras eram agora impolutas superfícies cobertas de frascos de comprimidos, algodões e fraldas. Sobre a mesinha de cabeceira, um único objeto pessoal quase encostava no travesseiro: uma caixa de metal um pouco maior que a palma da mão. Claudio não se lembrava de tê-la visto antes e lhe pareceu uma espécie de suvenir de alguma cidade exótica do Oriente Médio, como aquelas que seu tio sempre quisera conhecer. Teve a tentação de pegá-la, mas não o fez, não queria inquietar o tio. Ficou sentado ali por uns vinte minutos mais, ainda sentindo o cheiro, no próprio corpo, da comida do avião.

Quando o tio parou de respirar, os dedos dos pés, na outra ponta da cama, se retesaram. Claudio endireitou-se num pulo e se afastou. Por um instante, nenhum dos dois voltou a se mexer. Depois o silêncio o tranquilizou, e o tráfego da avenida foi retornando aos poucos. Ligou para a funerária, eles se encarregariam de enviar um médico para o atestado de óbito naquela mesma tarde, e recolheriam o corpo de noite. Voltou a se aproximar e cobriu completamente o corpo com os lençóis. Era estranho, sabia que aquela morte ia doer nele, mas não conseguia sentir nada.

Pegou a caixinha de metal e a abriu. Ouviu, difusamente, o motorzinho do kentuki se mover na cozinha. Dentro da caixa havia cartas escritas à mão. Podia ser árabe, ou hebraico, na verdade Claudio não era capaz de diferenciar. A cada tanto, de parágrafo em parágrafo, o nome do tio aparecia escrito em letras que ele podia reconhecer. Havia um pequeno anel de plástico, como aqueles brindes de festas, quebrado. Embaixo das cartas, encontrou fotos. Eram fotos de um menino de uns doze anos. Tinha sempre a mesma idade nas imagens, que tinham sido feitas no que poderia ser seu quarto ou o quintal de sua casa, pareciam atuais. Era um menino bonito e bochechudo, de pele escura. Segurava para a câmera objetos que — Claudio foi entendendo pouco a pouco — era evidente que seu tio fora lhe enviando. Na última, os olhos abertos e brilhantes de felicidade, seus pais — cada um numa ponta — seguravam graciosamente o teclado Yamaha de seu tio e, na frente das teclas, o menino agia como se o tocasse com paixão.

Sentiu outra vez o nó apertado. Deixou a caixa e saiu do quarto. Precisava respirar. Atravessou a sala e voltou à varanda. Apoiou-se no parapeito e olhou angustiado o vazio, os automóveis na avenida. Só quando reparou que um ponto do tráfego estava represado, viu o kentuki. Demorou em compreender o que estava acontecendo, mas enfim não teve dúvidas: tinha se espatifado no asfalto onze andares abaixo, bem perto do meio-fio. Duas mulheres faziam sinais aos carros para que não passassem por cima de seus restos. Tentavam juntar as partes enquanto alguns pedestres olhavam horrorizados. A conexão do K94142178 permaneceu estabelecida por oitenta e quatro dias, sete horas, dois minutos e treze segundos.

TINHA SE ACOSTUMADO A TRANSITAR pelo quarto com o leve ruído do Coronel Sanders seguindo-a. Às vezes se animava e iam juntos à biblioteca. Na última semana, inclusive, tinha deixado que o kentuki a acompanhasse até o terraço que dava para os bosques, onde Alina se deitava em alguma espreguiçadeira para tomar sol. Eram passeios curtos e sem degraus, ela gostava que o kentuki pudesse se movimentar sozinho, sentir atrás dela sua merecida independência. Às vezes o escutava entrar debaixo da espreguiçadeira, talvez o sol cegasse a câmera, e quem-quer-que-fosse não podia ver direito. Gostava de que o bicho se refugiasse sob a sombra de seu corpo. Acima de tudo, tinha que confessar, adorava tê-lo ali, esperando, e ouvir esporadicamente o zumbido do motorzinho se acomodando ao avanço do sol. Seu esforço a relaxava.

— Você está bem, filhota? — sua mãe tinha perguntado naquela manhã.

Era a primeira vez que a mãe lhe telefonava em Oaxaca, disse que tinha lido seus e-mails e teve uma sensação estranha. Alina a tranquilizou, ela estava muito bem, as coisas iam de vento em popa. Sven também, sim, sim, a exposição seria em três semanas.

— E o bichinho?

Sua mãe sempre perguntava pelos animais de estimação, ainda mais quando desconfiava que era melhor não falar de outros assuntos.

— Não tem que fazer nenhum serviço para ele? — perguntou uma vez.

Será que se referia a pôr água e comida? Cortar as unhas e sair para ele fazer xixi?

— É um celular com patas, mamãe.

— E o que se presume então que se faça com ele?

Alina explicou o que era realmente um kentuki, como na primeira conexão o número IMEI do dispositivo se associava a um "ser" particular e como isso permitia que nunca se perdesse esse vínculo com um único "amo". A mãe fez um longo silêncio, de modo que Alina tentou esclarecer melhor:

— O IMEI é um número de identificação, todo celular tem um. O seu, por exemplo.

— É um número que eu é que tenho que escolher? Não me lembro de ter escolhido nenhum número para o meu celular.

— Deixa pra lá, mãe — disse Alina, impaciente.

— E por que não compro eu um outro kentuki e mando praí? Seria ótimo, não? Assim podemos ficar mais tempo juntas.

— Não dá pra escolher com quem você se conecta, mãe. Essa é a graça.

— E então pra que serve?

— Ai, mãe! — disse Alina, embora no fundo isso a tenha deixado pensando.

Ia à biblioteca quase todas as manhãs, depois de ter corrido e tomado banho. Almoçava respondendo e-mails ou vendo notícias. Enquanto lavava a louça na pequena cozinha, antes de se jogar um pouco na cama, o Coronel Sanders lhe dava batidinhas nos pés, erguia o olhar até ela e soltava seus gritinhos metálicos. Era um gesto entre cômico e deprimente, e não era preciso ser um gênio para entender que quem-quer-que-fosse estava desesperado por um pouco mais de atenção. Queria suas perguntas, queria um método para se comunicar, queria que Alina ouvisse o que tinha para dizer e que lhe fizessem todos os seus "serviços". Mas Alina não ia lhe dar esse gostinho. Sem um método de comunicação, o kentuki ficava relegado à simples função de mascote, e Alina estava obstinada em não cruzar essa linha. Fechou a torneira, foi buscar suas mexericas e descobriu que não havia nenhuma. Compraria mais se descesse à mercearia. Organizou a roupa e seus papéis, tomando cuidado para não tropeçar no kentuki. Um dia antes, sem querer, o tinha feito rodar com um chute e o corvo perdera seu bico de plástico. Levantou-o e o pôs outra vez sobre suas rodas. O kentuki não se mexeu por um bom tempo e não era a primeira vez que se fazia de ofendido. Se Alina tivesse decifrado melhor o que era exatamente um kentuki, não teria comprado um aparelho, e sim optado por "ser" kentuki, sem dúvida nenhuma era uma condição que lhe caía muito melhor. Embora no fim, se a gente não escolhe os pais que tem, nem os irmãos, nem os animais de estimação, por que então teria a liberdade de escolher de que lado de um kentuki estar? As pessoas pagavam para ser seguidas feito um cachorro o dia todo, queriam alguém real mendigando seus olhares. Alina fechou as gavetas e se jogou na cama. Ouviu o motor do kentuki se aproximar e deixou sua mão cair languidamente, com toda a preguiça da digestão. O kentuki empurrou suavemente a palma de sua mão e Alina sentiu como o corpo felpudo roçava-lhe a ponta dos dedos. Procurou o buraco que tinha ficado onde antes estava o nariz e o coçou com as unhas. Em seguida voltou a soltar o braço e o kentuki girou suavemente ao redor de sua mão, como que acariciando a si mesmo. "Ser" kentuki, pensou Alina, essa era uma condição muito mais intensa. Se ser anônimo nas redes era a máxima liberdade de qualquer usuário — e além disso uma condição à qual já era quase impossível aspirar —, como se sentiria então se fosse anônima na vida de outro?

Mais tarde saíram ao terraço. Alina ficou um tempo lendo ao sol na espreguiçadeira, depois deixou o livro no chão, tirou a saída de banho e se recostou de biquíni. O Coronel Sanders saiu de baixo da espreguiçadeira e se afastou, como se buscasse uma imagem completa do que acabava de acontecer. Ficou assim uns minutos, até que os olhos de Alina se fecharam. Ouviu o motor do kentuki se mover e depois se aproximar outra vez. Pelo som, calculou que estaria debaixo dela, mas se movimentava de uma maneira suspeitamente lenta. Não bateu no metal, como costumava fazer, mas avançou bem debaixo de seu corpo. Tinha a impressão de que ele estava debaixo de sua barriga, avançando para o peito com uma morosidade que a obrigou a abrir os olhos, mas tratando de não se mexer. Aguardou. Ao longe, uma motocicleta cortava muda a única linha de asfalto de um dos bosques. Então sentiu o kentuki girar de leve para a esquerda. O tecido plástico da espreguiçadeira se retesou e a cabeça do kentuki roçou suavemente um de seus seios. Alina se levantou num pulo. O Coronel Sanders ficou imóvel e ela demorou uns segundos para lembrar que estava descalça, e que as lajotas do piso queimavam seus pés. Soltou uns palavrões enquanto procurava com que se proteger e se afastou um pouco mais para a grama. Dali se olharam. Alina deixou os livros e a saída de banho para trás. Pulando sobre seus pés, voltou para casa, fechou a porta com chave e ficou de pé no meio do quarto, esperando.

Uns minutos mais tarde ouviu as batidas suaves e pausadas do kentuki na porta, chamando-a. Viu uma imagem horrível, "Coronel Sanders" como um homem velho e nu sentado em uma cama de lençóis úmidos, manobrando o kentuki de seu celular, batendo em sua porta ansioso para tocá-la de novo. Era uma sensação repulsiva, mas fechou os olhos e fez um esforço para se concentrar, para vê-lo com toda clareza. Dava-lhe tanto nojo que chegou a pôr a língua para fora e a dobrar a ponta dos dedos. E, no entanto, com uma urgência que não pôde explicar, deu um pulo até a porta e abriu. O Coronel estava a seus pés, levantou a cabeça para ela e entrou. Alina fechou a porta e caminhou ao redor dele, como ele costumava fazer com ela. Buscou nas costas as tiras do biquíni e as soltou.

— Olha — disse.

A peça caiu no chão, foi a primeira coisa que o kentuki viu ao se voltar para ela, depois levantou a cabeça até a altura de seu peito.

— Quer tocá-los?

Alina se perguntou como exatamente fariam isso. Quando ativou o kentuki pela primeira vez, nunca imaginou que terminaria dizendo algo assim, mas existia certa lógica na qual continuava confiando. Não sentia estar invadindo a intimidade de nenhum dos dois. Quem-quer-que-fosse poderia tirar fotos, poderia gravar sua tela, poderia se masturbar dentro de um corvo de plástico felpudo. Mas diferentemente do bando daquela residência, ela não era artista de nada, nem professora de ninguém. E não ser ninguém era outra forma de anonimato, uma que a tornava tão poderosa quanto ele, e queria deixar isso bem claro. Ajoelhou-se no chão e permitiu que o kentuki se aproximasse. Imaginou-se com o velho na cama úmida. Que coisas o velho gostaria de fazer com ela? Nunca tinha visto filme pornô com velhos. Esticou o braço até a mesa e tateou o celular. Tampouco tinha lhe passado pela cabeça procurar pornô com kentukis. Abriu o Explorer e procurou "pornô", "velho", "pau", "kentuki". Obteve mais de oitocentos mil resultados. Havia realmente tanta gente trepando com kentukis? Era possível fazer algo assim? Escolheu um ao acaso e enquanto o vídeo carregava apoiou as costas na beirada da cama, ergueu o Coronel Sanders e o pôs sobre suas pernas cruzadas. Girou-o para que ele pudesse ver no mesmo sentido que ela, e calculou o tanto que devia afastar seu celular para que os dois pudessem ver bem. Na tela, uma garota corrigia a câmera que estava sobre a cama. A garota se deitou, tinha os peitos tão grandes que deslizavam para os lados. Esticou-se para alcançar algo na mesinha de cabeceira: era um kentuki, embora tivesse muitos acessórios acoplados e ficasse difícil saber que animal era. Tinham lhe cravado um chifre fluorescente entre os olhos. Um grande pau de látex preto caía da barriga do bicho, preso com uma faixa. E onde seria o cu — se esses bichos tivessem cu — tinham pintado de vermelho um grande coração. Será que o quem-quer-que-fosse daquele pobre bicho sabia o que lhe tinham feito? O pau de látex apareceria no enquadramento? Então o colchão tremeu, sacudiu a garota e o unicórnio pintado e um velho pelado entrou na câmera engatinhando pela direita. Alina pausou o streaming. Não sabia se queria ver o que vinha pela frente, mas acabava de pensar detalhadamente em algo que finalmente a tiraria de seu mal-estar. Pegou um dos banquinhos da cozinha e o levou para o meio do quarto. Pôs em cima uma garrafa e uma tigela. Na tigela calçou o kentuki, de cabeça para baixo. Buscou o celular e o apoiou contra a garrafa, como um púlpito. Fez algumas correções para se assegurar de que o kentuki visse perfeitamente, aproximando-o até que não houvesse nada mais para ver. Então pôs o filme para rodar outra vez. Ainda restavam trinta e sete minutos de ação, e não havia nenhum lugar para onde escapar.

Vestiu-se, pegou as chaves e saiu batendo a porta. Lá fora já começava a entardecer, e as luzes de alguns ateliês estavam acesas. Se não se apressasse não chegaria à biblioteca a tempo, queria encontrar Carmen. Isso era do que mais precisava agora, alguém real a quem contar qualquer coisa.

Não a viu no balcão da entrada, então bateu de leve com o punho na madeira, e Carmen apareceu num pulo carregada de papéis, estava organizando as bancadas de baixo.

— O que se pede assim é um uísque, querida — disse. — Nada a ver com alguém à la Jane Austen. — Ficou olhando para ela e deixou cair os papéis. — Você está bem?

Olhou Alina de cima a baixo e depois olhou para o relógio. Se esperasse um pouco, podiam sair da residência e tomar um ar juntas.

Caminharam até a rua. Alina desejava o passeio e desejava a companhia, mas não estava preparada para falar de nada do que acabara de acontecer. Gostou de comprovar que o sol já não ardia e que uma brisa morna subia vinda de Oaxaca. Dois quarteirões para baixo, na frente da igreja, a mercearia que fazia as vezes de farmácia e também de sorveteria ainda estava aberta. Era o mais parecido na cidadezinha com um "café" e o funcionário saiu em seguida para limpar a única mesa que havia na calçada.

— É perverso — disse Alina remexendo sua xícara —, não dá para descansar desse bendito kentuki. Não suporto mais ele.

— Você não gosta mais do Coronel Sanders? — Carmen fechou os olhos e esticou o pescoço em busca dos últimos raios de sol. Era estranho vê-la sem seu cenário de bibliotecária. — Sempre se pode fazê-los rolar ladeira abaixo, não?

Não era isso o que Alina queria. Queria descansar, queria ser ela a decidir quando se podia ou não circular por seu quarto e sua vida. Era revoltante que não fosse o "amo" quem pudesse impor seus horários.

Falaram de livros e pediram mais uma rodada de café.

— Viu isso? — Carmen apontou para o interior da mercearia.

Na tela, o noticiário das seis abria o bloco com um kentuki sobre a mesa.

— Toda tarde, eles ativam um kentuki.

Os dois jornalistas faziam sinais que o kentuki obedecia, como se se tratasse de um adestramento canino.

— Se a pessoa que controla esse aparelho — disse Carmen — telefonar ao programa e conseguir demonstrar que é ela quem movimenta o kentuki, ganha meio milhão de pesos. Rápido assim, te dão no mesmo dia.

Antes de voltar, compraram mexericas, e Carmen a convidou para um picolé. Caminharam um pouco em silêncio, cada uma lutando com o derretimento do próprio sorvete.

Quando Alina voltou ao quarto, o kentuki não estava mais. Sven passara ali e voltara a sair, sabia disso por causa das xícaras limpas e das janelas abertas — a ventilação era uma das grandes paixões do *artista* —, mas sobretudo porque o banco onde havia ficado o kentuki estava debaixo da mesa e o telefone do lado dele da cama. Às vezes Alina movia algumas coisas só pelo gosto de mudá-las de lugar, às vezes, no começo, o *artista* notava e por sua vez mudava as mesmas coisas, para fazê-la perceber que, embora de um modo abstrato, ele era capaz de entender o que estava acontecendo. Era uma forma carinhosa de mostrar incômodo. Ela fechava as janelas, punha seus sapatos do lado contrário da cama e deixava as próprias sandálias onde antes estavam os sapatos dele. Trocava a pasta de dente por algum creme da caixinha de remédios, mexia na ordem dos cadernos de anotações que ele sempre tinha o cuidado de deixar na mesinha de cabeceira. Sven respondia com bem menos criatividade, tão pouca, que às vezes Alina tinha que fazer um esforço para notar. "Ah" — se lembrava de ter pensado —, "ele tirou minha escova de dentes do gabinete do banheiro e levou para a cozinha, que criativo." Às vezes se perguntava se, numa distração, não teria sido ela mesma. Agora sorria com saudade em meio à sala arrumada, perguntando-se se a ausência do kentuki não podia ser, quem sabe, um sinal de Sven, uma maneira, ainda que muito vaga, de tentar mudar algo.

Alina saiu de novo. A ideia de Sven e o kentuki juntos e sozinhos lhe preocupava por causa da rapidez com que o *artista* podia romper o longo trabalho de incomunicabilidade que ela tinha alcançado: bastava que Sven mostrasse ao corvo um papel com um endereço eletrônico para transformar o animal de estimação dominado no velho tarado. Desceu até a área compartilhada e atravessou a cozinha e a sala central. A esta hora a circulação dos artistas chegava ao ponto mais alto. Jogavam pebolim e, no sofá de oito lugares, cochilavam na frente da grande tela do projetor. Comiam de pé com a porta da geladeira aberta e saqueavam as despensas. Espremida em uma roupa de veludo violeta, a assistente de Sven enrolava os cachos dos cabelos enquanto papeava com o escultor russo que tinha chegado na semana anterior. Alina cruzou a última sala, onde um grupo de pessoas gritava suas apostas ao redor dos kentukis que disputavam corrida até o janelão principal.

Alina atravessou a galeria de exposições. Tinham desmontado a instalação de burcas transparentes da franco-afegã de Nova York e pela primeira vez se via o lugar amplo e aberto. Saiu para a área dos ateliês, onde alguns artistas ainda trabalhavam. A louca das instalações de cortiça cantava um *reggaeton* usando como microfone o que parecia ser uma lanterna apagada. Na sala contígua o casal de fotógrafos chilenos trabalhava inclinado sobre uma gigantografia, cada um cortando com um estilete o seu pedaço. Alina passou por mais dois ateliês e parou na frente da porta do seguinte. Um pequeno cartaz dizia "Sven Greenfort". Era a letra dele. Bateu antes de abrir. Ninguém respondeu, então entrou e acendeu as luzes. O lugar estava limpo e organizado, como era de se esperar. Os tacos das xilogravuras alinhados por tamanho contra a janela e uma grande quantidade de monotipias de duas cores secando sobre a mesa principal. O que ela não esperava encontrar eram aquelas três caixas na mesa do fundo. Três caixas brancas, iguais àquela da qual Alina tinha tirado o Coronel. Estavam vazias. Um pouco adiante, ao lado dos cilindros, viu um manual de kentuki. Os outros dois manuais pareciam ter tido outro destino, as páginas estavam sobre a mesa, arrancadas à mão, e cada uma delas estampada, em tinta vermelha, com uma impressão digital. Assim trabalhava o pobre Sven desde que ela o conhecia: embora em particular ele com frequência se animasse a experimentar, a extrapolar os próprios limites, no fim das contas ele expunha apenas suas monotipias e xilogravuras — suficientemente grandes e cinza para ocultar qualquer mediocridade —, enquanto renegava seu verdadeiro desejo, de "sacudir o mercado", que invocava cada vez que bebia demais. Era um alívio que, com o tipo de trabalho que produzia, quando tentava, o *artista* nunca se animasse a ir mais além.

Alina saiu da área dos ateliês e se afastou para os quartos. Onde estavam Sven e o Coronel? Sven não devia ter lhe contado que estava trabalhando em um projeto com kentukis? De repente essa infidelidade lhe importava muito mais que a da assistente. Cruzou o platô das piscinas. A gritaria dos grilos descia do bosque, furiosa. Ela podia senti-la entrando em seus ouvidos.

REGOU O VIVEIRO E CORTOU SALSINHA para a carne. Demorou mais que o usual, à espera de que a toupeira saísse para conferir o manjericão e as pimentas. A porta de tela nunca se abriu e ele por fim se cansou e entrou para preparar o jantar. Chamou Luca para que o ajudasse com a mesa e comeram ouvindo as notícias. Quando passou uma pequena reportagem sobre kentukis, a toupeira saiu de trás da poltrona e se enfiou debaixo da mesa. Era a primeira vez no dia que se deixava ver; a semana anterior não tinha sido diferente, as coisas já não iam bem entre eles. Mister não tinha descuidado de sua responsabilidade de copaternidade em nenhum momento, mas desde aquele nefasto domingo em que Enzo tentou se comunicar com ele, esquivava-se constantemente. Por que tinha lhe incomodado tanto a simples tentativa de conversarem um com o outro? Realmente preferia se arrastar pela casa como uma toupeira em vez de entabular algum tipo de amizade com ele? Os dois estavam sozinhos e passavam muito tempo juntos, dividir umas cervejas — ainda que fosse à distância e com o telefone em mãos — não podia fazer mal a ninguém. Nem sequer conseguia entender o que o deixava, ele mesmo, tão irritado. Se estava decepcionado ou ofendido pela esnobada de um aparelho de trinta centímetros. E, no entanto, não podia evitar de fazer o impossível para se reconciliar, era algo insuportável. Ligava na RAI ao vivo, nos programas que sabia que interessavam a Mister; carregava-o até a janela de trás do carro todas as vezes que iam ao supermercado ou buscar o menino; ficava a todo momento de olho para ver se Luca não tinha voltado a esconder o carregador dele. Enquanto preparava o menino para o colégio, quando cozinhava ou ao se sentar para trabalhar um pouco, estava constantemente falando com ele e fazendo perguntas condescendentes. Como está hoje, Mister? Vai sair um pouco aqui fora? Quer ver mais televisão? Quer que abra a janela? Às vezes se perguntava se não estaria falando sozinho. Mister se dirigia a Enzo apenas para lhe avisar que o menino tinha adormecido na frente da televisão, que não estava fazendo a lição de casa ou que, mesmo com a luz do quarto já apagada, continuava acordado, jogando no tablet debaixo dos lençóis.

E as notícias sobre kentukis, isso era outra coisa que interessava a Mister. Agora mesmo nas notícias de Umbertide uma repórter informava na frente do hospital estatal: uma senhora idosa tivera uma parada cardíaca e seu kentuki coruja tinha salvado a vida dela ligando para a emergência. Em agradecimento, a mulher pediu sua conta bancária e lhe depositou dez mil euros, mas então o kentuki desaparecera, e não estava ali para o segundo ataque cardíaco da mulher, que a pôs definitivamente no outro mundo. "O kentuki tem uma parcela da responsabilidade?" — perguntou a repórter para a câmera. "E se tivesse, que tipo de ações legais poderiam ser aplicadas a esses novos cidadãos anônimos?" Uma breve mesa de debate se abriu no estúdio, onde uma pessoa que tinha um kentuki em seu consultório de Florença contou um caso médico diferente, e outra, que era kentuki na recepção de um hotel em Mumbai, apresentava seus próprios dilemas. Diante da tevê, a toupeira permanecia imóvel. Luca terminou seu jantar e quando passou ao lado do kentuki deu-lhe um chute fraco e preciso, o suficiente para girá-lo e fazê-lo rodar até a poltrona. O menino seguiu para o quarto. Enzo se aproximou e pôs de novo a toupeira em sua base. Ficou agachado na frente dela.

— O que você tem, Mister? — Olharam-se. — Foi tão terrível assim eu ter mostrado meu número de telefone para que você me ligasse? Deixa pra lá, se te incomoda tanto, não precisa ligar.

O kentuki olhou para o outro lado. Enzo suspirou e se afastou para recolher as coisas do jantar.

No dia seguinte, sua ex-mulher foi vê-lo. Não era uma visita esperada.

— Já vou avisar o Luca — disse Enzo à porta, sem convidá-la para entrar.

Ela o freou, tocando seu braço.

— Não, não. Temos que conversar, Enzo. Mais tarde dou um oi para o Luca.

Ele a fez entrar e serviu um café. Enquanto levava as canecas à sala, a viu circular pela casa olhando o piso e os cantos. Depois correu as cortinas e foi até o jardim. Enzo a imaginou impressionada com a saúde do viveiro, pensou que certamente diria algo, mas ela voltou em silêncio e sentou ao seu lado. Sua preocupação parecia autêntica.

— Onde está o kentuki? — ela perguntou por fim.

— Costuma andar por aqui — disse Enzo, agachando-se para procurá-lo debaixo da poltrona.

Estavam sentados sobre sua toca e Enzo sabia disso. Acabava de se dar conta de que ela nunca tinha visto a toupeira, e não estava certo de que aquele seria um bom dia para a apresentação. Ele olhou para o outro lado e voltou a conferir. Viu o kentuki imóvel e de costas, estava escondido atrás de um dos pés da poltrona. De onde Enzo o via, não tinha como saber se estava ligado, ou se podia escutar o que estava acontecendo.

— Não está aqui — disse ele, voltando a se sentar —, a esta hora costuma controlar a sesta do Luca — passou a ela uma caneca de café.

— Segue o Luca com adoração, sempre está por perto, e é um alívio saber que há mais alguém cuidando dele. Nunca te agradeci, no fim foi uma grande ajuda.

Enzo se obrigou a fechar a boca. Por que continuava fazendo isso? Bajulando-a inclusive agora, se nem sequer suportava sua buzina das sete e quarenta, quando passava para levar Luca à escola.

— Enzo — disse ela num tom de voz que confirmou que o assunto era sério. — Estou a par do tipo de relação que você estabeleceu com o boneco, alguma coisa o Luca me conta de vez em quando.

"Boneco" era uma palavra estranha. E por um momento ele não registrou que continuavam falando do kentuki.

— Quero que você o desligue.

Referia-se a desconectá-lo?

— Quero que você afaste esse aparelho do meu filho.

Enzo esperou, não podia negar um pedido que ele nem sequer entendia direito.

— Não sei como dizer isso — ela falou —, é terrível.

Apoiou os cotovelos nos joelhos e cobriu os olhos com as mãos, como uma menina horrorizada. Enzo esperou um pouco mais, embora soubesse que, se o kentuki se movesse sob a poltrona, provavelmente ela ouviria o motorzinho.

— São pedófilos — ela disse por fim —, todos eles. Acaba de vir à tona. Existem centenas de casos, Enzo.

Ela baixou as mãos para afagar, nervosa, os joelhos. Sentada outra vez em sua poltrona, a Enzo pareceu que sua antiga *drama queen* voltava renovada, com novas e inesperadas tragédias.

— É um aparelhinho, Giulia. Como vai fazer mal ao menino? Você nem o conhece. Não sabemos quem é.

— E este é o problema, Enzo.

— Faz três meses que convivemos. Três meses.

Se deu conta do quão ridícula era sua desculpa, então se calou.

— Ele pode estar filmando o Luca, pode ter tentado fazer contato com ele, dizer coisas, mostrar coisas, enquanto você perambula distraído pelo viveiro.

Sim, vira o viveiro e lhe doera ver como estava bem. Enzo tentou sorrir de leve, apenas para desvalorizar o que acabava de ouvir.

— Sei que o Luca o rejeita, Enzo. Ele o detesta. Talvez o coitado nem sequer se sinta capaz de nos dizer o que está acontecendo. Talvez seja muito embaraçoso para ele, muito horrível, talvez ele nem sequer consiga entender o que estão fazendo com ele.

Como tinha vivido tantos anos ao lado de uma mulher capaz de pensar assim? Enzo sentiu tanta repulsa, que levantou e se distanciou alguns passos. Ela continuou listando suas perversidades, e mesmo um pouco mais tarde, depois de se despedir de Luca na soleira da porta, continuavam a lhe ocorrer novas alternativas e desenlaces.

— Quero que você o desligue — disse, já em tom de despedida. — Não quero mais esse aparelho ao lado do meu filho.

Quando finalmente foi embora, Enzo ficou atrás da porta até escutar o motor do carro ser ligado e se afastar. Abriria as janelas e ventilaria a casa, era disso que precisava, pensou, um pouco de ar, e uma cerveja.

TINHA CONSEGUIDO O NÚMERO de emergência da polícia de Erfurt. Se o alemão ficasse violento com Eva, ela já sabia para onde ligar. Ainda não podia dar nenhum endereço — isso estava claro para ela —, e se em Erfurt não entendessem seu inglês rudimentar, também não adiantaria muito. No entanto, sentia-se preparada para o que fosse. Mantinha seu celular sempre por perto: se algo acontecesse, Emilia gravaria imediatamente um vídeo do que se passava em Erfurt. Não sabia bem se na Alemanha se podia incriminar alguém com um vídeo caseiro, mas se Eva alguma vez viesse a precisar de provas de qualquer tipo, ela as teria.

Ainda assim, assumia suas limitações, e contava com que logo algo mais lhe ocorreria. Klaus — assim se chamava o alemão — não se meteria mais com ela. Seu filho tinha explicado que o controlador não o traduzia porque focalizava apenas o timbre de voz do amo. De modo que era fácil ignorar Klaus quando estava com a garota. Quando o alemão não estava, ela aproveitava para circular pela casa com diligência, atenta às coisas que estavam ao seu alcance e às possibilidades que se ofereciam. Seguia Eva de perto, ávida por qualquer nova informação, atenta a qualquer coisa que a garota pudesse dizer ou fazer, e que lhe desse uma nova pista para seu plano.

"*Você está agitada, minha gordinha; o que foi?*", perguntava Eva.

Quando Emilia ronronava, Eva parava de fazer o que estivesse fazendo e apertava a barriga da coelhinha. O fato de sua ama pensar que ela precisava apenas de um pouco de amor era uma recompensa prática e estimulante.

Antes de se sentar em frente ao computador, Emilia preparava seu chá e aumentava a calefação. Os dias começavam a ficar mais frios e ela sabia que, uma vez sentada e ligada em Erfurt, já não encontraria tempo para se levantar. Telefonou para o filho depois dessa jornada.

— Quero te mandar uma foto da Eva — disse a ele —, está lindíssima.

O filho explicou que não se podia tirar fotos a partir do kentuki. Disse que era "um assunto de privacidade" e que tudo estava "criptografado". Emilia pensou que talvez ele estivesse enciumado e flagrou a si mesma sorrindo.

— Não tem problema — disse —, tiro uma foto da tela, amanhã te mando algumas.

O filho fez um silêncio, talvez surpreso com a rapidez com que a mãe resolvia esses problemas tecnológicos. E então, com a voz pausada de quem começa uma confissão, falou sobre seu kentuki. Não do kentuki que ela tinha em Erfurt, mas do dele. Junto com o cartão de conexão de Emilia, tinha comprado um kentuki também, mas foi só quando a viu tão contente com seu dispositivo que ele se animou a ativar o seu. Além disso, ter, ele também, uma conexão o ajudava a ver com mais clareza as inquietações e as dúvidas que ela lhe apresentava.

— Mas... — disse Emilia, quando na verdade queria perguntar desde quando, e se também era em Erfurt, e se, agora que eram vizinhos, não poderiam aproveitar para se ver com um pouco mais de frequência.

— Escute uma coisa, mãe. Sabe o que fez ontem?

Emilia demorou a entender de quem ele podia estar falando. Feita a confissão, seu filho pareceu tomar coragem e começou a falar sem parar sobre aquelas últimas semanas — um mês, praticamente, deduziu ela em seguida —, soltando sem culpa tudo o que estava escondendo. Emilia foi até a sala de jantar com o telefone e se sentou em frente à mesa, como quando tinha que organizar os boletos de gás e de água e precisava de espaço para que nada lhe escapasse. A voz do filho dizia que seu kentuki tinha lhe enviado uma torta gelada de chocolate em seu aniversário.

— Você deu seu endereço? — perguntou ela, assustada.

Como podia ter acontecido tanta coisa às suas costas? No fundo, Emilia tentava fazer algo com a angústia que tinha engasgada na garganta. E que tipo de mãe era ela, que nunca tinha pensado em mandar uma torta no aniversário do filho. Será que ele tinha pensado nisso?

— Não, não. Não dei nenhum endereço, mãe. Acontece que, da varanda do meu apartamento, a pessoa viu que o Young Kee Restaurant fica bem em frente, e lembrou que tinha estado ali em uma viagem a Hong Kong com o marido.

Da varanda do apartamento de seu filho? Era uma mulher casada? Fez um grande esforço para não o interromper.

— Ela é velha, mas muito viva. — Emilia engoliu saliva. Velha, mas viva? Então o que ela não seria para seu filho, velha ou viva?

— Foi assim que calculou o endereço do meu prédio e mandou uma torta gelada de chocolate para cada um dos apartamentos. Tem dois na frente e dois atrás por andar, são trinta e duas tortas, mãe!

Emilia pensou que isso era muito dinheiro. E ainda demorou um segundo mais para se dar conta de que seu filho tinha comprado para ela a conexão de um kentuki, e, ao contrário, para ele, tinha comprado um kentuki real, um como o que Eva tinha em Erfurt. Ele preferia "ter" a "ser"? E o que isso revelava sobre o próprio filho? Não queria descobrir nada incômodo, e ainda assim se as pessoas podiam se dividir entre os que eram "amos" e os que preferiam "ser", a inquietava estar do lado oposto ao do filho.

— E sabe o que é mais engraçado?

— O que é mais engraçado? — respirou fundo.

— Que o coitado do sujeito que teve que trazer as tortas ficou subindo e descendo pelo prédio metade de uma manhã, e muita gente nem aceitava receber. Ele me deu duas extras quando entregou a minha.

Emilia bebeu um gole de chá, ainda estava pelando.

— Ou seja, você está com três tortas.

Fantástico, pensou Emilia. E seu filho disse:

— Estou te mandando uma foto dela.

"Ela." Referia-se à torta ou à mulher? Emilia escutou um bipe, olhou o celular e abriu a foto. A mulher era uma morena grandalhona e robusta, parada à porta de uma casa de campo. Parecia ter a mesma idade de Emilia.

— Foi cozinheira a vida toda — disse seu filho. — Na Guerra dos Bálcãs, também cozinhava para os combatentes croatas. Te mando outra foto, olha...

Emilia escutou outro bipe e decidiu não abrir a nova imagem. Será que ela podia enviar um presente agora para ele, quase uma semana depois?

— É dos anos noventa em Ravno, procurando minas antipessoais com dois soldados. Não é incrível? Você viu as botas de campanha que ela tem?

Desde quando seu filho pensava com semelhante entusiasmo nas mulheres trabalhadoras? Como se ela nunca, em toda sua vida, tivesse cozinhado nada para ele. Ou será que o sacrifício só valia se a pessoa peneirasse farinha no meio de uma guerra e usando um par de botas de homem?

Quando por fim desligaram, Emilia ficou um instante olhando a fórmica da mesa. Pensou em ir para a cama, mas se sentia acesa demais. Telefonou para Gloria e lhe contou o que seu filho acabava de confessar. Gloria tinha comprado um kentuki para o neto e elas gostavam de trocar anedotas. Tinham se visto na natação naquela manhã, mas como Inés não suportava mais ouvi-las falar dos kentukis, elas se falavam por telefone e deixavam os momentos de natação para a política, os filhos e a comida. Se alguma coisa importante acontecia com seus kentukis, despediam-se na frente do portão do clube fazendo sinais às escondidas de Inés, prometendo se telefonar quando estivessem sozinhas. Era divertido, e mais de uma vez aproveitavam para falar também de Inés, de quem gostavam muitíssimo, claro, mas que, ultimamente, notavam estar muito conservadora. Afinal, como dissera Gloria no último telefonema, ou você se moderniza ou a vida te atropela.

Contou para Gloria o que havia acontecido com o alemão. O episódio do sexo, o do dinheiro que tirou da carteira de Eva e de como correu atrás dela pela sala como se ela fosse uma galinha e a pôs debaixo de um jorro de água. Gloria achava que ela tinha se salvado por um milagre, uma vizinha tinha perdido seu kentuki coruja deixando-o no banheiro enquanto tomava banho. Usava a água quente demais, verdade seja dita, e talvez o vapor fosse perigoso para os modelos de animaizinhos que não eram originários das regiões tropicais.

— Mas isso que você fala do seu filho, não estou entendendo direito; o que é que te angustia tanto? — perguntou Gloria ao telefone.

Emilia pensou na última foto que o rapaz tinha lhe mandado, nas botas de guerra da mulher. Não sabia o que era exatamente.

— Compre um pra você — disse Gloria.

O que isso resolveria? Não ia comprar um kentuki. Não era esse tipo de pessoa, além disso estava sem dinheiro.

— São caríssimos — disse Emilia.

— Tem gente que vende uns usados na internet. Pela metade do preço. Procuro com você.

— Não quero uma coisa que alguém não quer mais. Além disso, eu não sou das que querem "ter" — disse, pensando nas botas da mulher do kentuki do filho. — Eu sou mais das que "são".

Pensou no assunto ao longo daquele dia e no dia seguinte. Na quinta, antes de se conectar a Erfurt, passeou por alguns classificados. Não havia muitos, mas havia. A grande maioria estava anunciada na seção de animais de estimação e, de tanto ver fotos de filhotinhos, Emilia se perguntou se não seria melhor adotar um cachorro ou um gato, embora fosse verdade isso de que um kentuki não sujaria a casa nem soltaria pelos, e que não tinha que levá-los para passear. Depois de um grande suspiro, fechou o buscador e conectou o controlador do kentuki. Klaus estava circulando outra vez pela casa. Emilia se endireitou na cadeira e acomodou os óculos. Ficaria focada em Erfurt e na garota, que não estava conduzindo sua vida nada bem. De sua própria vida e da do filho se ocuparia mais tarde, tinha todo o tempo do mundo.

ERA UMA REVOLUÇÃO. Explicaram-lhe o mais importante bem direitinho e o resto ele foi entendendo sozinho. Era um plano que o garoto do anel havia idealizado por meses, desde a primeira vez que viu um kentuki numa vitrine. Marvin não tinha sido raptado, e sim libertado, ele soube disso no dia seguinte, depois de passar a noite toda em claro roendo as unhas na cama. Quando por fim voltou do colégio, correu para o escritório e ligou o tablet. Despertou o kentuki rezando baixinho o Pai-Nosso, e então Deus, que já começava a revelar o que era bom e o que era ruim para Marvin, iluminou a tela. O salão de dança brilhou em cada pixel e cada pixel se refletiu em seus olhos. Estava sobre um carregador. Vivo! Teve que se mexer um pouco, sair do que parecia ser uma caixa, para se distanciar e descobrir onde se encontrava. Contra uma das paredes do salão de dança, doze escaninhos de madeira se alinhavam bem debaixo do espelho. Dois estavam ocupados: uma toupeira em um e um panda em outro, quase na outra ponta. Os kentukis esperavam dentro de seus postos com os olhos fechados. Será que seu dragão fechava os olhos quando ele não estava?

O garoto do anel o viu se mexer e se aproximou. Tinha uns cartões na mão, agachou-se na frente dele e lhe mostrou um. Era do tamanho de um livro. Em cima trazia o número 1. Embaixo, em inglês, dizia:

"Mande um e-mail para este endereço."

O garoto virou o cartaz, do outro lado havia um correio eletrônico. Ficou estudando-o e percebeu que o garoto poderia abaixar o cartaz a qualquer momento, então largou o tablet e revirou seus cadernos feito um louco, procurando onde anotar. Tomou nota do e-mail, abriu sua caixa de entrada, escreveu "Hello" e mandou a mensagem. Ao terminar, deu um passo curto para trás com o

kentuki. O garoto abaixou o cartaz e levantou outro. Este trazia o número 2. Evidentemente estava tudo pensado e preparado, talvez outros kentukis do salão tivessem passado por isso antes. O segundo cartaz dizia:
"Espere".
Marvin esperou. O garoto se afastou escrevendo em seu telefone, um kentuki coelho seguia seus passos a cada movimento. Em seguida Marvin recebeu uma mensagem em sua caixa de entrada.
"Instale este programa."
Junto, vinha um aplicativo. Marvin olhou para a porta fechada do escritório e não pensou duas vezes. Em menos de um minuto a instalação estava em processo. O controlador foi fechado e quando voltou a se abrir tinha uma janela de chat à direita da tela. Havia mensagens em idiomas estranhíssimos. Não havia nenhuma em espanhol, mas compreendia as que estavam em inglês.

Kitty03= em knysna 240, me deve 2$
Kingkko= e por último: as sardinhas. Isso é q não
OCoyyote= aqui– 50. Entrando em
Kingkko= para isso q fui embora da casa da minha mãe, né?
OCoyyote= cirurgia. Tiro um rim e vejo vcs mais tarde
Kitty03= :-)

Marvin viu outra mensagem na caixa de entrada. Era uma confirmação do ingresso ao Clube de Libertação. "Você está aqui agora", dizia mais abaixo, com um link do Google Maps. Estava na rua Prestevannsveien, 39, em Honningsvåg. Honningsvåg! Onde ficaria isso? Abriu um mapa no tablet e a localizou. Era o ponto mais ao norte que se podia estar na Europa. Estava rodeado de neve. Na tela, o garoto levantava outro cartaz. O número 3 dizia:

"Escolha um apelido e mande por e-mail".
Marvin pensou um instante. Tomou sua decisão, escreveu e mandou.
"Bem-vindo", dizia o cartaz número 4.

E em seguida o garoto o virou:
"Seu kentuki foi libertado".

Kingkko e Kittyoʒ o cumprimentaram no chat. Seu *nickname* piscava esperando uma resposta. Animou-se:

SnowDragon= hello!
Kittyoʒ= Demais seu nick SnowDragon!

Os outros também festejaram. Um tal Tunumma8ʒ somou-se à conversa e uma enxurrada de perguntas manteve Marvin ocupado por um bom tempo. Ninguém sabia onde ficava Antígua nem onde ficava a Guatemala, então ele enviou um link. Disse a sua idade e o nome de seu colégio, e esclareceu que não tinha mãe, nem irmãos, nem cachorro.

Tunumma8ʒ= mas isto vale xʒ, vc tá no clube de libertacao! tem usuário q morreria p. estar no seu lugar.

Marvin não entendia muito bem o que era aquele clube. No dia seguinte, no primeiro recreio do colégio, junto com os amigos, deu um google para saber. Seu clube não aparecia em lugar nenhum. Havia outros, todos pequenos e improvisados, parecia algo que tinha sido inventado uma semana antes. Alguém tinha pensado que maltratar um kentuki era tão cruel quanto ter um cachorro preso o dia todo debaixo do sol, inclusive mais cruel considerando-se que, do outro lado, havia um ser humano, e alguns usuários tinham tentado fundar seus próprios clubes e libertar kentukis que consideravam maltratados. Mas por que um kentuki iria querer que o libertassem? Não bastava ele mesmo se desconectar e pronto? Sabia que a liberdade no mundo kentuki não era a mesma que no mundo real, embora isso tampouco desse sentido às coisas no momento em que se concluía que o mundo kentuki também era real. E ele teve que se lembrar de que ele próprio ansiara por sua liberdade sem pensar uma única vez na possibilidade de se desativar. Existiam clubes como o seu inclusive na Guatemala, que listavam todo tipo de abusos, abusos nos quais Marvin nunca tinha pensado. E se surpreendeu quando seus amigos apontaram o item de "confinamento ou exposição para promoções comerciais", e ainda tiveram que explicar a ele que isso é o que tinha acontecido com a vitrine na qual vivera por quase dois meses. Havia vivido quase dois meses dentro de uma vitrine? Pensou em todas as vezes em que o garoto tinha batido no vidro e tinha escrito as mensagens de libertação. E ainda assim a mulher continuava a lhe parecer alguém confiável, alguém que nunca quisera lhe fazer mal.

Passou os dias seguintes investigando o lugar e conhecendo seus companheiros. Havia carregadores em todo canto, e um buraco que o garoto fizera na porta de entrada do salão, com uma cortina de plástico para que a calefação não escapasse quando os kentukis entravam ou saíam. Mais de uma vez um kentuki ficava travado e chiava para que alguém fosse até ali e lhe desse um empurrão.

Às vezes SnowDragon saía a passeio. Dava voltas em torno da casa e se movia pela "zona segura", um raio de dois quilômetros que o garoto tinha lhe enviado marcado em um mapa, dois quilômetros que basicamente consistiam em sair do outro lado da cidadezinha, onde os poucos habitantes que circulavam àquela hora da noite sabiam dos kentukis — embora Marvin não achasse que soubessem do Clube de Libertação —, e tomavam cuidado para não passar neles com os carros e nem pretendiam levá-los para casa.

O garoto chamava-se Jesper e era hacker, DJ e dançarino. Sempre estava acompanhado por alguma garota. Elas iam e vinham, entravam feito uma bola de casacos, mas dentro se desviavam dos kentukis com roupa leve e solta, e Marvin ficava olhando para elas, encantado. Se batia nos pés delas, às vezes elas se agachavam diante dele e acariciavam sua cabeça. Tinham os olhos claros e a pele muito branca. Jesper não lhes dava muita atenção, ia e vinha sempre ocupado, tinha muitas coisas para fazer. Se depositavam 45 euros em sua conta, grudava nas costas dos kentukis um alarme que podia ser ativado do controlador. Então, se o kentuki estivesse em perigo e o alarme se ativasse, uma sirene soava dentro da carcaça dele para chamar a atenção sobre o que quer que estivesse acontecendo. E enquanto isso, o mais importante, um localizador era ativado e marcava no mapa de Jesper onde estava o kentuki em apuros. Dois dias antes, às três da manhã, um tal Z02xxx tinha ficado travado em uma poça de gelo. Não fosse pelo alarme, a bateria não teria durado muito tempo mais e o teriam perdido. Jesper o tirou do gelo apenas sete minutos depois de ativado o alarme, o que confirmava seu slogan de que o serviço que oferecia era mais rápido que o de uma ambulância.

Marvin transferiu os 45 euros para ter um alarme. Não era tanto dinheiro diante das vantagens que ganharia, e ainda sobravam economias na conta de sua mãe. Kitty03 e El-gauchoRABIOSO tinham uma câmera na cabeça que lhes permitia gravar a experiência vinte e quatro horas por dia, os vídeos iam direto para o disco rígido de suas casas. Jesper trabalhava agora em um drone para Kitty03. Kitty03 tinha dinheiro e queria comprar tudo; Jesper estava basicamente a serviço dela.

Em Antígua, seus amigos tinham localizado Jesper e o seguiam nas redes sociais. Muitas de suas invenções e aplicativos eram ideias compartilhadas entre os clubes, e Jesper tinha subido um vídeo de seu salão de dança quando, alguns dias antes, seis de seus kentukis estiveram jogando bola. Era lindo finalmente ver aquele mundo que Marvin sempre percorria de noite e que parecia muito mais amplo e cálido com luz natural. No minuto 2:19 dava para ver seu kentuki dentro de um dos escaninhos para dormir. Os garotos lhe enviaram o link e Marvin passou a tarde olhando para ele a todo momento. O kentuki aparecia com os olhos fechados e Marvin achava aquilo uma coisa tão doce que teria pagado todo o dinheiro que restava na conta de sua mãe para que Jesper o mandasse por correio para Antígua e assim ele pudesse abraçá-lo.

Voltara a nevar nas noites seguintes e SnowDragon tinha saído da zona segura para ver o espetáculo bem de perto. Na verdade, o que Marvin queria — ainda mais que abraçar seu dragão — era estar bem perto da neve, afundar o kentuki num reboliço bem branco e espumoso. Era uma tristeza ver a rapidez com que os flocos se derretiam assim que tocavam o chão.

No chat do controlador, Kitty03 quis saber se sua obsessão com a neve era algo que tinha a ver com sua mãe. Ele lhes contara muita coisa, e agora eles sabiam mais de Marvin do que seu pai, ou do que a senhora que cuidava da casa em Antígua. Seus novos amigos eram gente mais velha, que vivia em cidades das quais ele nunca tinha ouvido falar, mas que ele procurou e encontrou, e marcou em seu mapa de geografia para que os amigos da escola pudessem entender numa só olhada o tipo de amizade que ele tinha.

Uma noite saiu com Kitty03 para dar uma volta ao redor do salão. Havia um porco na casa de trás do salão de Jesper, e quando os via, o porco sempre gritava. Kitty03 adorava isso, saía para vê-lo todos os dias e tinha oferecido trezentos euros para que Jesper o comprasse, o mantivesse em seu terreno e se assegurasse de que ninguém o levaria pra panela. Kitty03 tinha se informado bem e dizia que cento e cinquenta euros era o que pagavam por um porco desses em um matadouro, ela oferecia exatamente o dobro. Mas Jesper dizia que seus negócios incluíam apenas questões com kentukis, para a compra e venda de animais de granja ela teria que procurar outro funcionário.

SnowDragon conversava muito com Kitty03. Embora o chat fosse aberto, as mensagens não tinham histórico, de modo que quando eles eram os únicos conectados, tinham certa intimidade para falar de suas coisas. Marvin contou mais sobre sua mãe e Kitty03 disse que era a história mais triste que escutara na vida.

Kitty03= de 1 a 10 qto quer tocar a neve?
SnowDragon= 10
Kitty03= é o tanto q eu quero o porco. fala com Jesper. paga p/ o q quiser p/ isso serve $$$
SnowDragon= pagar p/q?

Kittyo3 disse que Jesper poderia construir o que ele precisasse. Com uma extensão de bateria e algo para andar na neve, poderia chegar a qualquer canto, quem sabe, talvez fosse questão de perguntar. Então Marvin pediu a Jesper um orçamento. Explicou o que precisava. Duas horas depois recebeu uma resposta. Por trezentos e dez euros podia acoplar nas costas uma extensão da bateria e calçar suas pequenas rodas em uma base plana — mandou a ele um link para que visse do que estava falando. Marvin pensou que o kentuki, com tantos acessórios, se pareceria mais com um astronauta que com um dragão, e que com um pouco mais de dinheiro podia comprar um kentuki em Antígua e se tornar ele mesmo um amo. Embora ter um kentuki implicasse para ele continuar enclausurado em sua casa, ao passo que ele era um kentuki libertado. Com os acessórios de Jesper, ele poderia sair para qualquer lugar que tivesse vontade, fazer longas excursões por um mundo em que se podia viver sem descer uma única vez para jantar, de fato poderia viver sem comer nada, tocando a neve o dia inteiro, quando por fim a encontrasse.

Tirando uns trocados, trezentos e dez euros era quase tudo o que restava na conta de sua mãe. Aceitou. Transferiu imediatamente o dinheiro e uma meia hora depois escreveu outra vez dizendo que ainda tinha mais quarenta e sete euros — o saldo exato que sobrava na conta —, e que iria transferi-los também, caso Jesper enviasse um buquê de flores para a loja de eletrodomésticos. Tinha que ser um buquê de flores bem grande. Jesper concordou. Disse que estava com muitos pedidos, que levaria ao menos uma semana e que o manteria informado. Marvin lhe escreveu agradecido, os prazos lhe pareceram bons. Tinha só um pedido extra. Poderia juntar ao buquê um cartão? A mensagem tinha que dizer: "Querida ama: quis ir ainda mais longe. Obrigado, SnowDragon".

NÃO É PECADO COMPRAR VINTE tablets por semana, pensou Grigor, embora no ritmo que iam as coisas fosse melhor não levantar suspeitas. Desceu pela rua Ilica, até a praça Jelačića. Era um trecho longo para fazer a pé, mas precisava relaxar e sempre gostou de atravessar a cidade seguindo o traçado dos trilhos dos bondes. Uma vez na praça, teria sete lugares diferentes onde comprar. Os entregadores dos sites online onde costumava adquiri-los começavam a se repetir e Grigor decidiu que, enquanto planejava um novo método, não era má ideia sair ele mesmo para comprá-los. Levaria dois por loja. Tiraria os tablets das caixas e os guardaria na mochila. Se conseguisse comprar catorze tablets sem que ninguém se desse conta do que ele estava fazendo, teria a semana resolvida.

Nikolina, a garota do segundo C, o estava ajudando a administrar os kentukis. Fazia tempo que, uma ou duas vezes por mês, ela parava na frente da porta de Grigor com um *tupperware* de comida e tocava a campainha até ele ou seu pai atender.

— Para vocês não sentirem falta de uma boa comida — dizia quando estendia o pote a eles.

Por que eles sentiriam falta de uma boa comida? Grigor achava que ela estava meio apaixonada, então se esquivava sempre que podia. Uma tarde a encontrou saindo de casa com a cara vermelha feito um tomate, era evidente que tinha chorado. Trazia algo dentro de um saco preto, do tamanho de uma melancia. Grigor perguntou se ela estava bem, só porque ignorá-la teria sido muito indelicado, e então ela desatou a chorar.

— O que aconteceu?

O que mais podia perguntar?

Ela o abraçou e escondeu o rosto no peito de Grigor, sem soltar o saco. Depois se afastou e o abriu para mostrar seu interior. Era um kentuki.

— Está morto — disse ela, a voz voltando a fraquejar —, o meu ursinho.

Tinha saído na sexta para visitar a mãe. Como assara bolinhos e eles tinham queimado, deixou a porta da cozinha fechada, para que o cheiro não invadisse o apartamento todo. Depois encontrou sua mãe com uma gripe feroz e decidiu ficar com ela no fim de semana.

— Não entendo — disse Grigor.

— O carregador dele estava na cozinha, não entendeu? Ele bateu tanto na porta que até deixou uma marquinha azul na madeira. Ele é azul, olha — disse ela abrindo de novo o saco e tocando suavemente a pelúcia.

Grigor viu que os olhos do aparelho estavam fechados e se perguntou se isso seria um detalhe de último momento do usuário, ou se estariam programados assim, para morrer humanamente.

— Posso? — perguntou Grigor.

A garota ficou olhando dentro do saco. Grigor enfiou as mãos e o tirou. Era a primeira vez que segurava um kentuki. Tinha-os visto dezenas de vezes, mas nunca pegara um nas mãos.

— Eu compro ele de você.

A garota o empurrou.

— Os mortos não se compram — disse, ofendida.

Ela quis tirar-lhe o kentuki, mas ele o afastou dela delicadamente.

— Você precisa de trabalho? — ele perguntou.

— Sempre.

Embora não tenha dito nada, Grigor se perguntou como ela tinha feito então para comprar um kentuki. Convidou-a para ir à sua casa e lhe mostrou seu quarto repleto de tablets e planilhas. Explicou o que fazia, quanto ganhava e que porcentagem estava disposto a lhe dar se ela o ajudasse a mexer os kentukis ativos meio expediente por dia. Falou sem soltar o kentuki em momento nenhum. Ela assentia. Se seu olhar se desviava para o ursinho, os olhos voltavam a se encher de lágrimas. Quando ela aceitou, Grigor deixou o kentuki sobre a mesa e perguntou se ela estaria disposta a começar naquela mesma tarde.

Agora passavam quase todos os dias juntos. Aquela manhã fora a primeira vez que ele a deixara sozinha no quarto. Não era sua namorada e, no entanto, Grigor pensou que era o mais parecido com uma namorada que tivera em toda a sua vida. Seu pai achava que estavam tendo um romance e não entrava mais no quarto. Quando abriam para ir ao banheiro ou sair, encontravam os iogurtes em uma bandeja no chão. A garota estava adorando o novo emprego, trabalhava com muita concentração e falava o mínimo necessário.

Ela se ocupava de grande parte da manutenção dos kentukis já ativos. Ele continuava tomando notas de cada caso, gerenciava as vendas e estabelecia as novas conexões. Gostava daqueles primeiros minutos de incerteza, perambular por lugares absolutamente novos. Mais de uma vez, quando estabelecia uma conexão nova, encontrava em algum canto um velho kentuki desativado. Não tinha visto nada parecido nas primeiras semanas de trabalho, mas havia começado a ver alguns desses dispositivos já usados e descartados nas novas conexões. Existiam os quebrados, os esmagados, os desbotados. Quase sempre estavam com os olhos fechados. Talvez os que estavam impecáveis e eram descartados fossem os que mais o preocupavam. O que os tinha levado a se desconectar? Ou aquele que ele viu uma vez depois de uma semana de conexão no sul de Quioto: estava bisbilhotando debaixo de uma cama de casal e encontrou um kentuki destroçado, literalmente feito em pedaços, como se um cachorro tivesse roído o plástico, a pelúcia e as chapas por dias, um trabalho animal em uma casa em que, ao menos desde que tinha sido ativado, ele não havia visto passar nem um único bicho de estimação.

Logo a rua virou uma via de pedestres e se abriu à praça. Grigor entrou primeiro no Tisak-Media. Comprou três tablets e pagou em dinheiro vivo, depois atravessou na direção da segunda loja. Pegou outros três tablets e foi para o caixa. A vitrine lateral estava repleta de kentukis e todo tipo de acessórios. Eram ligados na entrada USB e, com estruturas que inclusive simulavam mãozinhas saindo do próprio dispositivo, dava para fazer o kentuki iluminar o caminho com um LED, ventilar ou até empurrar migalhas da mesa com uma escovinha. Tudo muito colorido e de má qualidade. No balcão do caixa um kentuki carregava uma bandeja de plástico presa à carcaça. Quando a mulher disse a Grigor o valor, o kentuki se aproximou e ronronou. Grigor pôs o dinheiro na bandeja e o kentuki se afastou até a mulher.

— São kentukis bons — disse, apontando para a vitrine —, daqui saíram pelúcias muito boas, pode acreditar.

Sorriu orgulhosa e lhe piscou um olho.

Grigor pegou o troco da bandeja, agradeceu e saiu. Se fosse possível seguir o rastro de seus dispositivos, como poderia saber se esses usuários atribuídos estavam se comportando bem?

Na quarta loja a mochila já pesava uma tonelada. Retornaria para comprar mais durante a semana, pensou, e voltou ao apartamento antes do previsto. Cumprimentou o pai, que se entretinha com o dois a zero do Dínamo contra o Hajduk Split, e foi direto para o quarto, onde por fim soltou sua pesada mochila na mesa. Nikolina estava inclinada sobre sete tablets. Tinha acomodado a mesa da cozinha contra a outra parede do quarto. Seu vestido mostrava as quatro primeiras vértebras da coluna e Grigor ficou olhando para elas como se tivesse descoberto uma parte do corpo na qual nunca tinha pensado antes. Algo na forma daqueles ossos lhe recordava a velha excitação do terror que *Alien* produzia nele, quando era pequeno. E ao mesmo tempo, de uma maneira insólita, também lhe recordava a penugem suave e invisível do pescoço de sua mãe. Os dedos finos de Nikolina iam e vinham de um tablet a outro, arrastando atrás de si braços pálidos e flexíveis, como os tentáculos de um polvo. Como pôde ter trabalhado tanto tempo sozinho?

— Oi — disse Grigor por fim.

Espantou-se com a timidez de sua voz no próprio quarto. Tudo cheirava bem, tudo estava em ordem. Nikolina se endireitou no minúsculo banquinho que ele havia lhe designado e o olhou.

— Oi, chefe — disse, sorrindo.

E um segundo depois o polvo estava outra vez de costas, mergulhado em seus outros mundos.

AS DUAS FILHAS SE PLANTARAM na frente da gôndola dos kentukis. Estavam no supermercado, unidas pela primeira vez numa birra conjunta. A menor faria quatro anos em alguns meses e queria seu presente adiantado, a mais velha dizia que o kentuki ia servir para estudar, que alguém da sua turma já tinha um e ele ajudava com a lição de casa. No fim o acordo foi comprar um para as duas, um corvo verde-neon com máscara amarela.

— Prometem que vão dividir?

As filhas gritaram de emoção.

— Bem, vou comprar só se abrirmos depois do jantar.

Ao menos, pensou a mãe, aprenderiam que unir forças tinha suas vantagens, embora a longo prazo essas descobertas fossem atentar sempre contra o pouco que restava de seu próprio bem-estar.

Do lado de fora continuava chovendo, anunciava-se ainda uma semana mais de chuva sobre Vancouver inteira e lhe preocupava pensar no que faria com as filhas até a volta às aulas.

Em casa, enquanto ela guardava as compras e esquentava a comida, as filhas esvaziaram a casinha de bonecas arrancando paredes e mezaninos e, com uma doação conjunta de meias, fizeram um colchão no que antes era uma pequena cozinha.

— Ter o próprio espaço vai fazer dele um ser mais independente — disse a mais velha olhando para o resultado.

A menor assentiu com seriedade.

Jantaram rápido, escutando as ordens da mãe. Depois fizeram perguntas. Podiam levá-lo ao colégio? Não. O kentuki podia ser quem ia cuidar delas às sextas, no lugar da tia Elizabeth e seu macarrão com brócolis? Não. Ele podia tomar banho com elas? Não, não se podia fazer nenhuma dessas coisas. Abriram a caixa na sala. A menor brincou um pouco com o celofane, enroscando-o no pescoço e nas bonecas com toda concentração. A mais velha pôs o carregador na tomada e calçou o kentuki cuidadosamente. Enquanto se estabelecia a conexão, a mãe leu o manual sentada no tapete, com as filhas às suas costas, curiosas com os gráficos e algumas especificações, cada uma ancorada em um ombro, com seus hálitos doces e nervosos acariciando-lhe as orelhas. Ela se divertiu também, à sua maneira. Tê-las assim era algo muito parecido com a sensação de paz, as três juntas, as risadinhas e suas mãozinhas suaves acariciando-lhe os braços, sentindo a textura do manual e do papelão da caixa. No fim, passava a vida aguentando firme sozinha, e segundos como aquele sempre lhe escapavam por entre os dedos.

O corvo foi ligado e as filhas riram. A mais nova correu pela casa, apertando os punhos de alegria e ansiedade, fazendo soar os celofanes que ainda usava como pulseiras. O kentuki girou sobre seu eixo uma vez, e outra e outra. Não parava. A mãe se aproximou, temerosa no começo, e o levantou para comprovar que não estivesse enroscado em alguma coisa. No fim das contas, pensou, também tem alguém do outro lado tentando entender como se controla esse aparelho. Mas quando o apoiou outra vez no chão, o kentuki chiou, e foi um chiado agudo e raivoso. Não parava. A mais velha tapou os ouvidos e a mais nova a imitou. Deixaram de sorrir. O kentuki voltava a girar sobre uma das rodas cada vez mais rápido, e a mãe sentiu o chiado áspero em seus dentes.

— Chega! — gritou.

O corvo parou de girar e foi direto na direção de suas filhas. A mais velha foi para um lado e a mais nova, encurralada numa quina da sala, apoiou as costas e as mãos na parede e gritou na ponta dos pés, aterrorizada, enquanto o kentuki batia contra seus pés descalços repetidas vezes. A mãe o ergueu no ar e o rodopiou para o meio da sala, o aparelho conseguiu se pôr de pé e, sem parar de chiar em momento nenhum, voltou a sair na mesma direção. A mais velha tinha subido na poltrona, a menorzinha continuava imóvel contra a parede. Gritou ao ver o kentuki indo direto para ela, gritou de medo e fechou os olhos com tanta força que a mãe, sem pensar, deu um salto até onde estava. Antes que o corvo voltasse a bater nela, a mãe esticou a mão até a estante, tirou uma luminária de sua pesada base de mármore e com ela deu um golpe contra o kentuki. Ainda a ergueu algumas vezes mais para bater nele, até que os chiados pararam. Destroçado sobre o assoalho de madeira, o boneco parecia agora um estranho corpo aberto de pelúcia, chips e espuma. Uma luz vermelha piscava agonizante debaixo de uma pata desmembrada enquanto, ainda aferrada contra a parede, a filha menor vertia lágrimas em silêncio. Quando o LED do K087937525 finalmente se apagou, sua conexão total foi de um minuto e dezessete segundos.

NÃO IA DAR O BRAÇO A TORCER, se a toupeira não queria mais participar do ritual do meio da tarde no viveiro, então que se danassem as plantas que estavam sob sua responsabilidade. Enzo parecia condenado não apenas ao abandono — sua ex-mulher não era a primeira a deixá-lo —, mas também aos infortúnios acarretados por aquele singelo mundo de folhas verdes. Retornou à casa com um pouco de alecrim e terminou de preparar a carne. Seu amigo Carlo, da farmácia, o tinha convidado para pescar. "Você parece pior que nunca", tinha dito, dando-lhe umas palmadas no ombro, talvez sabendo que, como já era costume, Enzo não aceitaria o convite. Mas agora ele estava pensando. Fazia tempo demais que se ocupava unicamente do menino e do viveiro. E deste bendito kentuki; a frieza de Mister o estava envenenando.

As coisas tinham piorado desde aquela última tarde em que discutiu com a ex-mulher na poltrona, com o kentuki embaixo, escondido em sua toca. Quando por fim ela se foi, Enzo trancou a porta e deu um longo e cansado suspiro, voltou à sala e o encontrou alguns metros mais adiante, quieto e olhando-o nos olhos, como que o desafiando. Teria escutado a detalhada exposição feita pela ex-mulher sobre pedófilos?

— De jeito nenhum, Mister — disse Enzo. — O senhor sabe que eu não penso assim.

À tarde, saíram para fazer compras.

— Traz a toupeira — disse Enzo ao menino, enquanto tirava o carro.

Sabia que ela adorava viajar na janela do carro e que ficaria ainda mais entusiasmada se fosse o menino a buscá-la.

No trânsito, alguns automóveis levavam no vidro traseiro adesivos de seus kentukis. As pessoas os usavam também como broches em suas bolsas e casacos, ou os grudavam nas janelas de casa ao lado do escudo do time de futebol ou do partido político em que votavam. E no supermercado eles já não eram os únicos que transportavam um kentuki no carrinho. Na frente dos congelados, uma mulher perguntou ao seu se precisava levar mais espinafre, recebeu uma mensagem no celular que a fez rir, depois abriu a geladeira e pegou dois sacos congelados. Enzo invejava quem tinha conseguido estabelecer conexões mais próximas. Não entendia o que tinha feito de errado, que coisa tão terrível poderia ter ofendido o velho, e era evidente que as difamações de sua ex-mulher haviam terminado de arruinar a situação. Ela não voltou a telefonar, mas a psicóloga do menino deixou três mensagens pedindo uma conversa urgente, e Enzo sabia que, quando por fim aceitasse a reunião, Giulia também participaria, estaria esperando por ele sentada no consultório, mostrando-lhe os dentes com seu meio sorriso.

Como assumia que tudo estava arruinado, tinha voltado a tentar se comunicar com o kentuki. Mostrara-lhe outra vez seu número, caso nunca o tivesse anotado. Também seu e-mail, e mais tarde, já mal-humorado, tinha lhe escrito o endereço da casa em um papel e o pregou em sua toca, no pé da poltrona sob a qual costumava se esconder. Mas nada funcionou.

Ao voltar do supermercado, Enzo ligou na RAI. A toupeira se afastou para seu canto, atenta às notícias enquanto ele guardava as compras. Os âncoras se despediam com uma matéria de comportamento: enquanto o resumo das notícias corria a toda velocidade no pé da tela, um repórter fazia um tour na linha B da estação Termini de Roma e os punha a par das novidades kentukianas. Umas trinta pessoas na fila esperavam para consultar o "gufetto", a coruja kentuki de um mendigo que, como dizia o repórter para a câmera, "respondia todas as perguntas, menos a de como um mendigo conseguiu uma coruja kentuki". Alguns entrevistados sustentavam que o "ser" do "gufetto" era um célebre *bhagwan* indiano. "Eu vim ontem e pedi um número para a loteria", dizia um, "o gufo sabe tudo." E uma mulher: "Eu vim por causa do mendigo, porque ele merece, é uma ideia brilhante". As pessoas faziam suas perguntas e já levavam consigo tantos papéis brancos quantas fossem as respostas para a pergunta. Deixavam os papéis na frente do kentuki, que, depois de meditar por alguns segundos, parava sobre o que dizia "em sete dias", ou "melhor esquecer", ou "duas vezes". Para cada consulta era preciso deixar cinco euros. Se o kentuki não escolhesse nenhuma resposta, tinha que se pagar mais cinco para voltar a perguntar.

— Veja como podemos fazer um dinheirinho, Mister — disse, e riu espiando a toupeira.

O kentuki não reagiu. Enzo pensou que Mister era um privilegiado e também um mal-agradecido, e ficou olhando para ele por um tempo.

— A gente precisa conversar — disse —, o que o senhor está fazendo comigo é...

Parou para pensar, não tinha certeza do que exatamente Mister estava fazendo com ele.

— Não sei o que é, mas isso não se faz — disse Enzo por fim. E depois disse: — É isso, o senhor passeia o dia inteiro pela minha casa, mas não se digna a me dirigir a palavra. É uma coisa insuportável. Não vai com a minha cara?

Sentiu o impulso de dar um chute naquela toupeira, de fechá-la num armário, de esconder o carregador, como continuava a fazer o filho, e que ela já não tivesse a quem bater nos pés da cama para que a procurassem por toda a casa.

O que fez foi contar tudo a Carlo no dia seguinte, apoiado no balcão da farmácia como em um boteco. Carlo o escutou negando a cada tanto, com um meio sorriso. Depois lhe deu umas palmadas e disse:

— Enzo, tenho que te tirar um pouco desta casa.

Iriam pescar. Carlo determinou data e hora, e Enzo aceitou.

— O fim de semana inteiro — disse Carlo, ameaçando com o dedo.

— O fim de semana inteiro — disse Enzo, e sorriu aliviado.

ESTAVA FAMINTA E FELIZMENTE EXAUSTA, tinha corrido dez quilômetros sem parar nem uma só vez. Tomou banho e comeu olhando o celular, uma mensagem de sua mãe aguardava na tela.
— Tem certeza de que está bem?
Alina já tinha recusado várias vezes suas chamadas de vídeo. Não estava fugindo dela, apenas estava com a cabeça em outro lugar. Discutira com Sven e não tinha sido por causa da assistente, sobre isso Alina nunca dizia nada, nem tinha sido pelo fato de que, em quase um mês na residência, Sven não tinha concordado em descer com ela para Oaxaca nem uma única tarde. Tampouco pelas dezenas de cascas secas de mexerica que, na noite anterior, ele tinha encontrado debaixo do travesseiro. Era possível que alguém estivesse com a cabeça tão na lua a ponto de dormir sobre cascas de mexerica por uma semana inteira sem sentir o cheiro? Com que tipo de homem estava vivendo? Foi tudo por causa do kentuki, e tinham discutido sem discutir. Simplesmente Sven disse que o levaria todas as manhãs com ele ao ateliê, e ela bateu na mesa da cozinha com sua xícara de café vazia, e desde então as coisas estavam indo de mal a pior.

Sven tinha quebrado a longa temporada de incomunicabilidade que ela impusera ao kentuki, Alina não tinha dúvida, podia sentir isso quando o bicho retornava dos ateliês, no desânimo com que batia na porta, como se ficasse cansado com a última parte do dia, reservada à louca da residência. O kentuki voltava sozinho, entre seis e seis e meia, a hora em que o *artista* dava por finalizado seu dia de trabalho e descia para as áreas comuns. Alina se perguntava se Sven pouparia ao kentuki os três degraus impossíveis que o separavam dos quartos, deixando-o do outro lado dos platôs, ou se por acaso se despediam na porta do ateliê e era o Coronel quem tinha descoberto como chegar até ela por um caminho diferente. Quando Alina abria a porta, ele ia direto ao carregador, sem se incomodar em dar uma batidinha nela nem uma única vez, nem em girar ao seu redor dando seus gritos de corvo oxidado. Alina se perguntava que tipo de diálogo teriam estabelecido, se por acaso o Coronel tinha contado o episódio dos peitos e como Sven teria reagido a isso. Um cônjuge não tem por que compreender as coisas que o outro pode chegar a fazer diante de um animal de estimação.

Deu a entender o problema a Carmen, só para saber a opinião dela.

— Você tem ele nas mãos, *manita*. Ele pode te dar um informe diário do ateliê e da assistente.

Era fácil checar, bastava um interrogatório do tipo "Dê um passo para a frente se..., dê um passo para trás se não...". Mas estava convencida de que chegar ao mais mínimo acordo com o kentuki os levaria irreversivelmente ao diálogo, e Alina não ia dar o braço a torcer sobre isso.

Uma tarde, esperou por ele de biquíni, e quando o Coronel chegou dos ateliês, em vez de lhe abrir a porta, foi ela quem saiu, já pronta com seus óculos e seu livro, como se alguém enfim acabasse de passar para buscá-la. Afastou-se até o terraço e se deitou de barriga para baixo em uma das espreguiçadeiras. O Coronel demorou em se aproximar, talvez estivesse cansado demais para sair e tomar sol depois de um dia de trabalho. Mas ela se deixaria tocar e faria um grande esforço para visualizar as mãos do velho com a maior nitidez possível. Se o "ser" e o *artista* estavam se comunicando, ela começaria a mandar a Sven alguns sinais.

Outra tarde, o tinha posto no colo e, sob a luminária da escrivaninha, com uma pinça de depilação, tinha passado quase uma hora arrancando cuidadosamente determinados pelos do bicho de pelúcia, até desenhar uma minuciosa suástica na sua testa. Sven viu, mas não disse nada, e não era algo que pudesse passar despercebido. Alina deixava suas marcas e Sven as ignorava tão explicitamente que estava claro que ele as notava, sim. Não conseguia parar de pensar em que tipo de coisa acontecia entre ele e o bicho enquanto estavam sozinhos, se Sven também se faria de desentendido com o Coronel ou se, ao contrário, esperaria por esses momentos para levantá-lo com compaixão e lhe dar ânimo e consolo. Será que ele se desculpava em nome de ambos quando o encontrava com uma calcinha na cabeça, ou preso a uma cadeira para que não conseguisse chegar ao carregador?

Enquanto isso, ela dançava com Sven a lenta dança da esquiva. Saía para correr de madrugada, cedo o suficiente para não tomarem café juntos. Depois, Sven chegava de noite, sempre exausto: "Um expediente extenuante", dizia, e o leitmotiv o empurrava morosamente para o banho. Quando ele saía do banheiro, Alina já estava dormindo. Era só estabelecer a cada tanto uma breve conversa para que o mal-estar não fosse abertamente declarado e cada um pudesse seguir com seus assuntos.

— Acho que vou mudar algumas coisas — disse Sven uma tarde, e por um momento ela pensou que falava da relação deles. — Estou falando das monotipias — esclareceu em seguida. — Isso de ter o Coronel Sanders o dia inteiro comigo me deu algumas ideias.

E isso foi tudo o que o *artista* disse naquele dia.

Na escrivaninha, arrumando papéis, Alina encontrou o bico do corvo, o pedaço que ela tinha quebrado num chute uma semana antes, sem querer, e que, embora os dois tenham estado um bom tempo procurando, não tinham conseguido encontrar. Esperou que o bicho voltasse dos ateliês, chamou-o apontando para seus pés, mostrando-lhe o bico e uma cola em bastão. Talvez o Coronel tenha pensado que se tratava de uma trégua, porque se aproximou rápido e sem se fazer de rogado. Alina se agachou diante dele, destapou a cola e estendeu uma linha de gel sobre a parte interior do bico.

— Vem — disse ela, com toda a doçura de que era capaz.

O kentuki se aproximou até tocar em suas pernas e ela lhe atravessou o bico no meio do olho esquerdo.

— As garotas vão adorar — disse.

Quando o pôs de volta no chão, o kentuki girou em círculos todo desajeitado. Bateu contra o pé da mesa e se afastou a toda velocidade. Não foi na direção do carregador, mas se enfiou debaixo da cama.

Alina deitou no chão e esticou um dos braços tentando alcançá-lo, mas o Coronel sempre se esquivava. Por fim, teve que empurrá-lo com o cabo da vassoura para tirá-lo dali. Chegou a tirá-lo duas vezes, mas o kentuki voltava a se esconder. Na terceira vez, conseguiu agarrá-lo e colocá-lo na banqueta, no meio do quarto. Acomodou o púlpito e seu celular e deixou rodando um vídeo da Facebreaker no máximo volume. Era impossível saber quanto o Coronel desfrutava ou repudiava esse tipo de música, embora ela tivesse certeza de que os sete minutos e doze segundos de decapitações que acompanhavam "Zombie Flash Cult" seriam para o Coronel informação das mais ilustrativas. Agora que levava uma vida de artista, era bom estar aberto a outros tipos de experiência.

Também houve uma tarde em que ela não abriu a porta. Fez questão de sair do quarto bem antes de o kentuki chegar. Desceu com Carmen até Oaxaca; queria ir ao mercado, não tinha voltado lá desde que comprara o kentuki. Pegaram um táxi da residência e viajaram juntas no banco de trás, com as duas janelas abaixadas.

— Meu deus! — disse Carmen.

Como se tivesse dito "até que enfim" ou "isto é tudo do que eu precisava" ou "que beleza". Estava com os olhos fechados. No vidro traseiro, o vento misturava os cabelos das duas. Era uma linda sensação, e Alina também fechou os olhos e deixou que seu corpo se afundasse em cada nova ladeira. Almoçaram no El Vasco, sentadas em frente à igreja de Santo Domingo, e depois subiram pela Alcalá até o templo. No mercado compraram frutas e algumas ervas para infusão, chocolate oaxaquenho, *quesillo* e umas pulseiras de prata que saíram por menos de dez dólares. Depois, carregadas demais para continuar caminhando, sentaram um momento na praça principal com dois copos de suco de manga.

— Pronto. Vejamos, *manita*... O que acontece com você que já não pega tantos livros?

Alina sorriu.

— Muitas coisas. Coisas que não param de passar pela minha cabeça.

Para Carmen não mentiria nunca, acabava de decidir.

— É sobre o seu treino? Dizem no vilarejo que te veem correr feito doida.

— É um experimento com o Coronel Sanders, mas ainda estou procurando a melhor forma — disse Alina.

Carmen sorveu com o canudinho as últimas gotas de suco. Não parecia suficientemente intrigada a ponto de voltar a perguntar.

No táxi da volta, parado na frente do para-brisas dianteiro, um kentuki alertava o chofer sobre as zonas com radar. Assim o motorista evitava as multas de velocidade e a parada nos semáforos. Em troca, depositava cinco dólares por semana em uma conta no Haiti. Um garoto capaz de entrar anonimamente nos sistemas de segurança das vias públicas de cada município do estado de Oaxaca se encarregava de tudo. Os cinco dólares não eram mesquinharia, explicou o motorista, é que no Haiti isso era uma fortuna.

Quando Alina voltou, Sven ainda não tinha chegado. O kentuki estava grudado na porta, esperando. O bico ainda estava cravado em seu olho esquerdo, e alguém tinha colado sobre a suástica um *flyer* da galeria: nesta semana seria a exposição do russo. Ela estava convidada para o coquetel das sete, ao qual, claro, não iria. Abriu a porta e entrou. Ergueu o kentuki para arrancar o *flyer*, que jogou no lixo, e deixou o bicho na fórmica da pequena cozinha. Alina abriu e fechou as gavetas e o armário da despensa, sabia o que faria em seguida, embora ainda não tivesse decidido como. O Coronel se movia de um lado para o outro, estudando o abismo à beira da mesa.

— Quieto — ela disse.

O bicho não se acalmou. Então ela pegou uma panela e o pôs dentro, ele é que tinha provocado — agora mal conseguia girar alguns centímetros em círculos. Encontrou um fio, deitou o corvo de lado e fez nele vários nós entre as patas. Dois longos fios de um pouco mais de um metro ficaram pendurados entre as rodas, como se alguém tivesse colocado nele um absorvente interno enorme. Levou a banqueta para o meio do quarto, debaixo do ventilador, subiu com o corvo nas mãos e, à força de manobrar um bom tempo, conseguiu prendê-lo ao casco do ventilador, de cabeça para baixo. Ela se afastou para vê-lo e tirar algumas fotos. Parecia um frango pendurado pelas patas, e quando tentava se mover, as rodas mordiam o fio e o balançavam de um lado para o outro. O corvo chiou. Ela abriu a segunda gaveta e pegou a tesoura. Era uma tesoura grande, e Alina a abriu e fechou várias vezes, se perguntando se estaria suficientemente afiada. O corvo a viu e voltou a chiar.

— Silêncio! — gritou ela desejando a desobediência dele, que era o impulso de que precisava para seu gesto final.

Quando o corvo chiou pela terceira vez, ela se esticou até a banqueta e, tesoura em mãos, em apenas dois lances cortou suas asinhas.

ÀS VEZES, NO CHAT, apareciam usuários que Marvin nunca tinha visto no salão. El-gauchoRABIOSO explicou que eram usuários que tinham passado alguma vez pelo clube, mas que, depois de terem sido libertados, preferiram ir embora e escolher por si mesmos onde viveriam. Seu amigo Dein8Öko, por exemplo, conseguiu subir em um ônibus e cruzar a Suécia, onde morava uma de suas filhas. Fazia três anos que a menina não falava com o pai, mas tinha dois kentukis no quintal e, quando viu a toupeira de pelúcia parada na porta de sua casa e ensopada de chuva, a adotara imediatamente.

Uma vez, um que Marvin nunca tinha visto antes somou-se de repente ao bate-papo:

Mac.SaPoNJa= tenho 5 min max bateria. Cachorro arrancou rastreador p favr acho q tô n porão nº2 rua Presteheia.

Zo2xxx e Kingkko também estavam conectados. Enviaram mensagens a Jesper, mas não conseguiram contatá-lo. Embora a rua Presteheia ficasse na outra ponta da cidadezinha, tentaram ajudar. Kingkko procurou os telefones das casas da região e fez ligações ao acaso. "Você mora na rua Presteheia? Tem um porão? Acreditamos que tem um kentuki agonizando aí; você poderia descer e dar uma olhada?" Tinha gente que ainda não sabia o que era um kentuki. Sete minutos depois perderam a conexão. Mais tarde, quando Jesper tentou localizá-lo seguindo as pistas do rastreador, nada o levou ao número 2 da Presteheia, e acabou agachado debaixo da caminhonete da peixaria onde, ao lado de um saco de lixo roubado, um cachorro de rua mastigava tranquilamente o rastreador de Mac.SaPoNJa. Coisas assim aconteciam de vez em quando.

A morte de outros kentukis sempre os unia. Punha todos para pensar. E fazia Marvin se esquecer um pouco da única coisa que o preocupava a respeito deste outro mundo que tinha se tornado chato demais: que logo chegariam as notas do colégio, e ele teria que mostrá-las ao pai.

Uma noite, depois de uma longa jornada de passeio com Kittyo3, ele recebeu em seu tablet um e-mail de Jesper: seus acessórios estavam finalizados, seriam colocados naquela mesma tarde, e no dia seguinte, assim que ele acordasse em Antígua, seu kentuki estaria pronto.

— Vou tocar a neve — anunciou na manhã seguinte no recreio do colégio —, quando voltar para casa, em Honningsvåg estará tudo instalado.

Seus amigos já não falavam de bundas nem de Dubai. Ouviam-no e gravavam com os olhos, se remoendo de inveja. O de Dubai tinha tentado escapar com seu kentuki, queria se "autolibertar". Tinha tentado três vezes já, mas o encontraram todas as vezes. Armaram para ele um pequeno cerco ao redor da sala, o que o deixou completamente fora do jogo.

— Existe um plano? — perguntaram. — Você sabe como ir do salão até a neve?

Marvin tinha tudo anotado. Tinha um plano pronto, ao menos até a saída da cidadezinha.

SnowDragon= saio p/ passear nesta tarde
Kittyo3= saúde p/os corajosos :-)

Anunciou isso no chat assim que ativou o kentuki. Houve um grande alvoroço seguido de conselhos do grupo inteiro. Foi só quando saiu de seu nicho no escaninho e se viu no espelho do salão que entendeu quanto seu kentuki tinha mudado com os novos acessórios. Jesper lhe explicou como funcionavam. Com a extensão da bateria, tinha autonomia para quase dois dias, embora isso, claro, dependesse de quanto uso faria o kentuki. Jesper se aproximou um pouco mais e falou quase sussurrando.

"Dá uma olhada na sua caixa de entrada, acabei de te mandar uma coisa."

Era um mapa de Honningsvåg. Havia sete pontos vermelhos marcados e o e-mail explicava que eram bases de bateria. Era como se tivesse recebido um mapa de sete tesouros enterrados. Jesper explicou que não dividia aquela informação com a maioria de seus kentukis, pois a longo prazo isso significaria expô-los a uma liberdade perigosa. Mas quando alguém tinha missões importantes, as bases podiam ajudá-lo, caso estivesse em perigo. Marvin sorriu, balançou as pernas debaixo da escrivaninha. Isso tornaria a viagem muito mais fácil. Na tela, Jesper lhe devolveu o sorriso.

"Agora presta atenção, SnowDragon."

Ele mostrou como se ativavam as rodas de neve. Eram altas, quase um terço do kentuki, e isso fazia com que a câmera tivesse uma perspectiva bastante ampla. Era como se tivesse crescido.

Kittyo3= olha q lindão estamos hj, ah...

Zo2xxx e Kingkko também circulavam por aí quando SnowDragon decidiu partir. Kittyo3 sugeriu que ele se aproximasse da cortina plástica e os três o empurrariam suavemente até o lado de fora, disse que isso lhe daria boa sorte.

Jesper esperava por ele na rua. Uma de suas garotas pendurava-se em seu braço esquerdo sem saber muito bem o que estava acontecendo. Jesper se agachou diante dele.

"Se alguma coisa acontecer, você ativa o alarme e eu estarei lá", disse, mostrando seus punhos com os polegares para cima.

SnowDragon grunhiu de felicidade. Desceu a ladeira e virou à direita.

Kittyo3= toque a neve por todos nós!
Zo2xxx= te acompanhamos por aqui, campeão
kingkko= <3<3<3<3<3

Antes de empreender sua aventura em direção à neve, Marvin passou na frente da vitrine da loja de eletrodomésticos. Embora todas as calçadas tivessem acesso para deficientes e fosse fácil atravessar, subir e descer, custou-lhe um bom tempo chegar. Ia bem rente à parede, para evitar ser visto por algum bêbado noturno. Achou a loja menor e mais sombria do que tinha imaginado quando estava na vitrine. Entre os aspiradores, em um lindo jarro turquesa, via-se seu buquê de flores. Já estavam acinzentadas e murchas, mas dava para notar que havia sido um buquê espetacular, e ele se alegrou que a mulher, como se tivesse ficado esperando por ele, ainda não o tivesse substituído. Em Antígua, Marvin sentiu um nó na garganta e se perguntou se por acaso não teria abandonado a única ama que tivera.

Desceu até o cais do porto, passagem para a área na qual Jesper tinha assinalado a neve. Dois cachorros o seguiram, cheirando-o. Tentaram morder suas rodas, rosnando e empurrando-o para a frente com os focinhos, e Marvin se lembrou de Mac.SaPoNJa e temeu que a aventura se tornasse mais curta do que o esperado. Por fim se afastaram. Não era tão fácil nem rápido cruzar a cidadezinha, mas gostava de pensar que, mesmo agora, que não restava nem um centavo na conta de sua mãe, poderia viver como um kentuki por um século sem se preocupar com dinheiro. Podia comer e dormir em Antígua atendendo de vez em quando seu corpo, enquanto na Noruega os dias passariam tranquilamente, carregando a bateria de base em base, sem desejar nem um pedaço de chocolate, nem um cobertor para passar a noite. Não precisar de nada disso para viver tinha algo de super-herói e se, no fim das contas, conseguisse encontrar a neve, podia viver o resto da vida nela, sem sequer sentir um pingo de frio.

Em certo momento perdeu o equilíbrio e rodou pelo cascalho até a praia. Deteve-se uns metros mais abaixo. Ficou travado entre as pedras, deitado, e ainda que as rodas fossem grandes, parecia impossível se pôr de pé. Ouviu passos às suas costas, um homem se aproximava. Fez o dragão grunhir, e o homem o viu e desviou em sua direção. Ergueu-o e ficou um tempo olhando para ele, sacudindo-o como se fosse uma caixa de nozes. Marvin se perguntou se ainda teria entre as rodas a etiqueta da casa de eletrodomésticos. Por fim o homem se cansou dele e voltou a deixá-lo no chão. Marvin se afastou em seguida, temeroso de que o levantassem outra vez. Mas o homem nem se mexeu, ficou em seu lugar um bom tempo, vendo-o, com curiosidade, tomar distância.

Marvin sempre pensara que, para seu dragão, os humanos seriam o maior perigo. Nunca tinha lhe ocorrido que as poças, as pedras e o gelo seriam os mais determinados a detê-lo. Não estranhou o fato de terminar atravancado debaixo de uma caminhonete. Com as rodas novas era difícil calcular a altura do dragão e, à meia-noite, depois de ter cruzado Honningsvåg inteira, a poucos quarteirões do caminho que subia para a neve, optou por um atalho e ficou travado entre o chão e um tanque de gasolina.

Kitty03= q tal a vida SnowDragon?

Era uma situação muito frustrante para, além de tudo, comentá-la. E desde que tinha abandonado o clube, não voltara a participar no chat. Às vezes se entretinha lendo as mensagens, mas não participava. Viu seu nome uma vez, perguntavam por ele. Alegrou-se ao ler que Kitty03 e Z02xxx estavam preocupados. Assim que tivesse boas notícias, se comunicaria com eles.

Mas agora estava preso, e embora tivesse feito todo o possível para se livrar, sua cabeça parecia ter se grudado naquele tanque de gasolina desgraçado. Quando o pai o chamou para jantar, não lhe restou outro remédio a não ser rezar pela vida e pela bateria do kentuki e abandoná-lo à própria sorte.

No dia seguinte, assim que ligou o tablet, viu que a caminhonete não estava mais lá. Alguém o tinha posto ao lado da porta dos fundos da peixaria. Ficou na dúvida se o teriam visto a tempo ou se teria rodado sob a caminhonete quando ela arrancou. Será que estava muito arranhado? O kentuki, no entanto, parecia funcionar bem. A bateria era o único problema: restavam apenas uns quatro por cento. Revisou o mapa que Jesper lhe enviara, havia uma base de carga a duas quadras e foi direto até ela. De acordo com as indicações, existia um único posto de serviços na cidadezinha, e não ficava muito longe. Atravessou as ruas sem se distrair, concentrado na otimização de sua energia. Às costas do posto de serviços havia uma pequena praça, e, depois dela, escondido atrás de sete latões de lixo de diferentes cores, um galpão de lenha. Alguém tinha serrado de qualquer jeito uma pequena abertura. Dentro estava vazio e alguns raios de luz se filtravam pelas madeiras que funcionavam como telhado; o carregador estava posto em uma quina. Estava sujo e úmido. O kentuki tinha só dois por cento de bateria. Aproximou-se sem acelerar demais. Se por alguma razão a base não funcionasse, estaria perdido: mesmo se ativasse o alarme, Jesper dificilmente conseguiria chegar a tempo. Subiu e se calçou. Em seu controlador a bateria vermelha mudou de estado para o amarelo, de recarga. Diante dele, sobre a madeira, com spray, alguém escrevera: "Respire, você está na zona liberada". Respirou. Deixaria o kentuki ali a noite toda, era um lugar seguro, e partiria no dia seguinte com a bateria cem por cento cheia, em direção à neve. Recostou-se por fim na cadeira do pai. Só então se deu conta de que ainda estava com a mochila nas costas.

ALGO MAIS TINHA MUDADO. Emilia desconfiava de que a garota estava fazendo aulas de ioga — foi difícil chegar a essa conclusão, mas agora dava para ver com toda a clareza —, era isso o que ela fazia nos dias em que Klaus costumava esperá-la assistindo a suas partidas de futebol e tomando cerveja. Emilia teria esperado algum tipo de notificação sobre aquela nova atividade, mas desde que Klaus passara a circular pela casa, Eva deixou de pendurar papeizinhos nos pés das cadeiras, e a comunicação já não era tão fluida como antes.

Às vezes, quando estavam sozinhas, a garota praticava ioga na frente do espelho.

"*Estou fazendo direito?*", perguntava. "*Como estou me saindo, minha gordinha?*"

Estava se saindo às mil maravilhas. Emilia chiava de entusiasmo e Eva ria. Uma vez, Emilia foi até seu calcanhar esquerdo e lhe deu algumas batidinhas até que ela entendeu que devia colocar o pé alinhado com o ombro. Embora Emilia nunca tivesse feito ioga, três anos de ginástica rítmica na juventude a tinham dotado de certo bom senso, um saber aplicável a outras disciplinas.

Muitas vezes, quase a metade das vezes, quando Emilia se ativava, Klaus estava sozinho, e, se ela via o alemão, tomava cuidado para não se mexer nem fazer nenhum ruído. Preferia controlá-lo fazendo-se de morta. Deixava seus olhinhos abertos, mas não fazia nenhum movimento nem respondia quando o alemão surgia na tela. Em resumo, o que aquele homem poderia saber sobre como funcionava de fato um kentuki? Ele com certeza nunca tinha lido um manual na vida.

Klaus continuava abrindo a carteira da garota e fazendo telefonemas lascivos enquanto coçava os genitais na frente da tevê. Era uma imagem repulsiva e no fim Emilia se irritava e se afastava, ia se ocupar das atividades de sua própria casa, surgindo a cada tanto no corredor para avaliar, num passar de olhos, como iam as coisas em Erfurt.

    Sabia que deixar aquele homem sem controle era uma irresponsabilidade, sabia que cedo ou tarde a garota teria problemas, e Emilia era a única que poderia apontar um culpado. Falou disso com Gloria e ela lhe emprestou sua camerazinha de mão e explicou como usá-la. Funcionava como um bom estímulo: não estava a par de tudo o que se passava em Erfurt, era verdade, mas tinha um registro diário de sua conexão. Se algo acontecesse, ela teria gravado e o enviaria à polícia na mesma hora.

    Às vezes, por sugestão de Gloria, conferia ao acaso algumas gravações, só para se tranquilizar ao ver que estavam sendo feitas, e para saber com que tipo de material contaria se o momento chegasse. Estava nisso quando Gloria ligou para perguntar se podia passar por sua casa. A surpresa a deixou contrariada. Teria que correr para arrumar tudo antes que ela chegasse, mas logo se lembrou de Klaus, e de que por fim poderia mostrar a alguém sua pequena Erfurt, de modo que aceitou e correu para varrer a sala e a cozinha. Depois revisou o quarto e, ao passar na frente do computador, só por hábito, deu uma olhada rápida no apartamento de Eva. Estava limpando o espelho do banheiro quando reparou no que acabava de ver. Largou o pano na pia e, tirando as luvas, retornou para checar o que estava acontecendo. Da casinha de cachorro, a imagem horizontal mostrava Klaus tomando sua cerveja na frente da tevê, e toda sua atenção se concentrou na camiseta vermelha do alemão. Dizia "Klaus Berger" e levava o número quatro. Emilia aproximou a cadeira de vime e sentou-se na frente da mesa. Debaixo dizia "Rot-Weiß Erfurt". Abriu o Explorer e deu um google imediatamente. Era um clube de futebol, tal como pensou. O site tinha uma lista de jogadores e Klaus Berger estava nela, com a fotografia de um homem muito mais atraente e profissional do que aquele que ela via em sua tela, jogado num sofá. Emilia não se deixou enganar, não havia dúvida de que eram o mesmo. Deu um google no nome em separado e o encontrou em várias redes sociais. Quase todas as fotos de Klaus eram iguais: ou estava segurando uma bola, ou abraçava a cintura de uma garota ou estava apoiado no ombro de outros jogadores. Não viu Eva em nenhuma das fotos, e reparou na decepção que sentiu. Gostaria de se conectar com ela, de escrever um e-mail? Não tinha certeza. O que lhe diria? "Agasalhe-se melhor?" "Coma mais?" "Procure um homem bom?"

Ali estavam os dados de contato de Klaus, listados minuciosamente um debaixo do outro. Quando Emilia se deteve no número de telefone, soube o que faria em seguida, e o fato é que esperar sentada pelas desgraças não era seu modo de fazer as coisas, não tinha criado um filho como o seu com os braços cruzados. Buscou o celular, digitou o número de Klaus e lhe escreveu uma mensagem:

"Eu sei que você tira dinheiro da carteira de Eva", ela escreveu em espanhol.

E só depois de enviar a mensagem, se deu conta de que, assim que ela chegasse, Klaus também obteria seu número. Pensou em Inés, que continuava insistindo em que ter um kentuki era abrir as portas de casa a um completo desconhecido, e pela primeira vez Emilia compreendeu o perigo real que isso implicava. Os toques sonoros chineses de seu celular lhe avisaram que ela tinha uma nova mensagem e um calafrio de terror a obrigou a se pôr de pé. Podia de verdade estar recebendo um recado daquele alemão enorme? Pensou em seu marido, mas não sabia bem por quê. Por fim juntou forças e esticou a mão até o telefone. A mensagem dizia:

"Ela me paga 50 por semana em troca da minha grande oferta sexual. Quer se juntar a nós?"

Entendeu o inglês, e a mensagem a deixou sem ar por uns segundos. Depois soou o telefone, seu próprio telefone em suas próprias mãos. Era o número de Klaus. Sabia que se não atendesse logo, sua gravação do correio de voz seria disparada, e imaginou Klaus escutando seu espanhol de peruana, suas desculpas de mulher já velha e sua promessa de retornar a ligação. Teve medo de voltar a olhar a tela do computador. Klaus poderia tê-la tirado da casinha enquanto ela estremecia todo esse tempo — tentando reler repetidas vezes a mensagem sem seus óculos —, ele poderia ter finalmente se dado o gosto de enfiá-la debaixo da torneira da cozinha, ou de tê-la jogado pela janela. Talvez já estivesse morta sem saber. Deixou o celular na mesa, juntou forças e se virou para ver: a imagem horizontal continuava imóvel. Esperou até se certificar de que Klaus não estava por perto. Tinha que se acalmar. Respirou e esperou. Não se ouvia o barulho da tevê, de fato, o apartamento estava em completo silêncio. Talvez Klaus fosse covarde demais para uma represália, e qualquer coisa que fizesse contra ela terminaria trazendo-lhe problemas com a garota. De onde estava, não tinha uma visão completa da sala e da cozinha, mas não parecia haver ninguém. A bolsa que Klaus costumava levar e deixar ao lado da porta não estava mais lá. Suspirou aliviada. E então viu. No espelho da sala, escrito com o batom vermelho de Eva, e à altura em que podia ter escrito um kentuki — embora nenhum kentuki pudesse na verdade escrever nada em um espelho —, dizia: "Puta". Era uma caligrafia horrível. Estava em inglês e ela se perguntou se Eva também seria capaz de entender. Ainda faltavam quase vinte minutos para que ela voltasse e, mesmo assim, Emilia podia fazer o que fosse com seu kentuki, sabia que seria impossível se levantar sozinha e apagar aquilo.

Quando Eva entrou no apartamento, deixou a bolsa na mesa e viu seu batom sem tampa e destruído no chão.

"O que aconteceu aqui?", perguntou.

A voz tentava ser autoritária. Eva foi até a casinha e descobriu a inscrição no espelho. A garota acreditava de verdade que um kentuki deitado em sua casinha era capaz de fazer uma coisa daquelas, a uma altura dessas? Agora sim Emilia queria escrever a Eva, queria gritar para ela: "Não fui eu! Você tem que tirar esse homem de casa!".

"Quem fez isto?"

Emilia moveu suas rodas, tinha a sensação de que, se a tirassem da casinha e ela conseguisse por fim se mexer, encontraria um modo de se explicar. Mas Eva parecia muito zangada. Limpou o espelho com detergente e jogou o batom no lixo. Depois se sentou na frente da tevê, numa posição muito semelhante à de Klaus, o que a Emilia pareceu quase uma provocação. A garota se esticou até a cerveja que tinha ficado ao lado do sofá e bebeu, olhando-a de viés, preocupada. Depois de um tempo voltou a se levantar, foi direto até ela, pegou-a e a levou ao banheiro.

O que estava acontecendo? Emilia nunca tinha visto o banheiro. Uma mistura de medo e excitação a deixou contrariada em Lima, diante de seu computador. Eva a pôs na banheira, a repreendeu uma última vez e, antes de sair, apagou a luz e fechou a porta.

Emilia ficou dura na frente da tela preta, seria difícil escapar de uma banheira, e ainda mais complicado digerir a quantidade de coisas que acabavam de acontecer. Ainda estava nisso quando, alguns minutos depois, a campainha da casa a fez pular na cadeira.

Demorou para se levantar, para se lembrar da visita de Gloria. Ajeitou um pouco os cabelos e passou pela sala de jantar. Não tinha terminado de arrumar a casa, mas agora isso era um assunto absolutamente menor. A campainha voltou a soar e Gloria a chamou e bateu na porta. Assim que Emilia abriu, Gloria entrou com uma caixa que apoiou na mesa de jantar.

— Abre — disse, com um sorriso maroto de que Emilia não gostou.

As duas ficaram olhando para a caixa.

— Vamos, anda — Gloria tirou parte do papel de presente.

Emilia entendeu em seguida que era uma caixa de kentuki, uma já aberta e um pouco suja. Gloria tirou um carregador, um cabo para conectá-lo na parede, o manual e, por fim, um kentuki envolto num pano de prato. Entregou-o a Emilia com toda delicadeza.

— É um presente — disse Gloria —, então não se pode devolver.

Emilia pensou em Klaus e na fúria com que Eva jogou o batom no lixo. Pensou que era demais, que era muito mais do que ela podia dar conta. Quando desembrulhou o kentuki, descobriu algo absolutamente inesperado: era uma coelhinha, uma idêntica à que ela mesma era em Erfurt. Lembrou que tinha uma fivela no banheiro e pensou que, se a pusesse entre as duas orelhinhas, como sempre fazia Eva, seria como ter a si mesma circulando pela própria casa. Emilia sorriu, não queria deixar a amiga animada, mas o gesto lhe escapou, e Gloria já estava aplaudindo com seu típico entusiasmo.

— Sabia que eram feitas uma para a outra — disse.

Emilia deixou a coelha na mesa. Perguntou-se como alguém podia se desfazer de uma doçura como aquela. Era suave e bonita. Viu que tinha as pálpebras fechadas e se deu conta do tempo que fazia que não via alguém com os olhos fechados; anos, quem sabe? Talvez aquela única vez que seu filho veio de Hong Kong para vê-la e adormeceu na frente da tevê?

— Deve estar descansando. Mas está carregada — disse Gloria e pôs a base na tomada junto à porta da sala. — Bebemos alguma coisinha?

Quando Gloria foi embora, Emilia recolheu as xícaras e pôs o pijama. A coelhinha continuava imóvel, então a deixou na sala, sobre o carregador, e foi para a cama. Despertou à meia-noite, sobressaltada. Com o que tinha sonhado? Podia jurar que com Klaus, alguma coisa horrível, embora não conseguisse lembrar exatamente o quê. Acendeu as luzes e passou pela sala. O kentuki permanecia sobre o carregador com os olhos fechados, tal como o tinha deixado antes de se deitar.

Como estava com insônia, foi até sua cadeira de vime e ligou o computador. Era a primeira vez que se ativava em Erfurt a essa hora. Olhou para o relógio: as três e dez no Peru eram as sete e dez da manhã na Alemanha. Ela estava sobre a mesa da cozinha. Em um canto em que nunca tinha estado e que lhe dava uma perspectiva absolutamente nova do apartamento. Depois viu o sinal de bateria na tela, e compreendeu. Eva a tinha perdoado. Ela a tinha retirado da banheira e posto sobre o carregador, como seu filho lhe dissera que acontecia toda noite, enquanto Emilia dormia placidamente em Lima. Já havia algo de luz no apartamento e não foi preciso descer do carregador para ver as fotos coladas na geladeira. Não havia nenhuma de Klaus, mas no centro, debaixo do calendário, havia uma foto de Eva com ela, de Eva com sua coelhinha. Estava sentada em seu sofá — a foto fora tirada de cima, talvez pelo próprio Klaus —, Eva segurava a coelhinha como se fosse um filhotinho. Tinha os lábios franzidos, estava jogando um beijo, e Emilia viu a si mesma docemente adormecida, com os olhinhos fechados. Achou a imagem de uma ternura comovente. Pegou o celular e tirou uma foto da tela. No dia seguinte a imprimiria e a grudaria em sua geladeira. Iria colocá-la no centro, distante de todos aqueles ímãs de delivery, para vê-la todas as vezes que passasse por ali, tal como Eva fazia com ela.

VIU UMA NOITE ESCURA, e sob a noite, as mãos de uma multidão erguendo-se ao céu. Girava no ar, caía e voltavam a arremessá-lo. No horizonte, os dentes brilhantes de uma grande cidade, e diante dele, por momentos, o palco. A música vibrava e o envolvia. Cada batida dos bumbos sacudia o público em uma única emoção. Viu os trompetistas, os baixistas; as luzes e as câmeras cruzando entre os músicos a toda velocidade, sobrevoando o estádio de ponta a ponta. Uma voz gritava e milhares de vozes respondiam, extasiadas com a própria precisão. Agora o arremessavam para o ar. Agarravam-no e voltavam a lançá-lo. Às vezes só se via a escuridão azulada do céu. Às vezes, na queda, primeiro o mar de mãos e cabeças, e um segundo depois um rosto que nunca tinha visto e nunca voltaria a ver, prestes a se chocar contra ele, esperando-o. Era mais do que sonhara. O sangue fervia na ponta de seus dedos, mesmo ali, naquele outro lugar em que na verdade ele não estava. Queria ser isso para sempre, todos aqueles rostos que se revezavam para esperá-lo e lançá-lo de novo. Os gritos e as vibrações, uma e outra vez, aquela voz forte e aveludada acompanhada pelo público. Ser isso e mais nada. Um rosto se repetiu, os olhos grandes e febris de uma garota que o segurou extasiada e o lançou outra vez. Girava sobre si mesmo, consciente de que às vezes a multidão se abria com uma porosidade perigosa, e que tudo acabaria se não houvesse ninguém ali para impedir sua queda. Eles estavam na terra, ou na terra que às vezes ficava no céu, e ele, ao contrário, estava no ar, girando entre os dois mundos, suplicando por essa outra vida que finalmente poderia ampará-lo.

    Quando caiu no chão, a música emudeceu e a tela piscou por uns segundos antes de apagar. Ishmael se deixou cair na cadeira. Esperou com os olhos bem abertos, porque o barulho tinha desaparecido de repente, o que por um momento o desorientou: os alarmes dos acampamentos tinham cessado. Tinham cessado as detonações. Tinham cessado os disparos. As luzes da barraca da enfermaria estavam acesas outra vez. Logo chegaria o substituto e lhe pediriam que deixasse o escritório improvisado. Sobre a cabana, e do outro lado do riacho, entre as centenas de carpas brancas e sobre o morro e toda a noite de Serra Leoa, o silêncio era agora uma abóbada densa e sombria; e sua mão, áspera, ainda tremia sobre o mouse.

ERA UM DIA BOM, e a previsão anunciava sol para todo o fim de semana. Enzo já tinha preparado sua bolsa, a pequena lona e a vara. Agora só faltava se ocupar do café da manhã e de Luca, que olhava sonolento para o leite com chocolate, talvez refletindo ainda sobre os dias de praia que passaria com a mãe. Enzo tinha combinado de se encontrar com Carlo na frente da rotatória de saída de Umbertide às nove. Ia levar o kentuki. Sabia que Carlo se incomodaria — e que o convite para pescar, além de tirá-lo de casa, era para afastá-lo do kentuki —, mas ele tinha um plano, parecia infalível. A toupeira — aquela pequena alma cismada em não se comunicar com ele por causa de seja lá o que fosse que ele tivesse feito para magoá-la ou enfurecê-la — se abrandaria quando visse o leito verde das águas do Tibre, quando o escutasse falar longamente com Carlo, quando soubesse quem ele era de verdade para seus amigos e deduzisse o tipo de companhia que podiam representar um para o outro. Estava obcecado, isso ele reconhecia, e reconhecer demonstrava que a situação não estava fora de controle. No fundo, Enzo simplesmente achava que duas pessoas sozinhas, de dois mundos possivelmente muito diferentes, tinham muito para compartilhar e ensinar uma à outra. Precisava daquela companhia, queria isso para ambos, e acabaria conquistando-a.

Serviu o café e preparou as torradas. A toupeira, talvez alerta por causa de tanta confusão de malas, movia-se entre elas.

Enzo explicou seus planos enquanto tomavam café da manhã, disse sem rodeios:

— O senhor vem comigo, Mister.

Enzo sabia que o kentuki poderia ficar inquieto, nunca o tinha tirado de casa por tanto tempo, e sobretudo — e sabia que isto era o que mais podia deixá-lo alterado — nunca o tinha afastado por tanto tempo do menino. O kentuki não se moveu. Ficou duro ao lado da cadeira de Luca. Não soltou nenhum chiado nem bateu nos pés da mesa. Eles acharam tão estranha sua imobilidade que se inclinaram um momento até ele, pai e filho, pensando que talvez algo tivesse lhe acontecido. Ouviram a buzina de Giulia e o menino deu um pulo, pôs o agasalho e deu tchau. Pegou a mochila e disse tchau outra vez, antes de sair. Do chão, a alguns metros dele, o kentuki ainda o olhava. Enzo tirava algumas coisas da mesa de café da manhã quando voltou a ouvir a buzina de Giulia — o que estava acontecendo? — e a batida de uma das portas. O menino retornava, podia vê-lo agora através das cortinas da janela, abria a porta com a própria chave. O motor do carro foi desligado e se ouviu a outra porta bater. Sua ex-mulher também tinha descido?

— Papai — disse Luca de novo em casa, em tom de desculpas.

— Não pode ser — disse Giulia, que entrou atrás do menino —, um fim de semana inteiro fora e você não põe nem um casaco na mochila.

Giulia não estava procurando o casaco, isso estava claro, olhava para o chão, perto dos pés dos móveis e debaixo das cadeiras e das mesas, registrava a casa com um sorriso duro que Enzo conhecia muito bem, seu jeito mais desajeitado e desinteressado de dissimular.

— Tá aqui — disse Luca, pegando o casaco.

Mas sua ex-mulher já tinha encontrado o kentuki.

— Vamos — disse Luca, e puxou a mãe para fora.

Enzo compreendeu que o menino tinha mentido para defendê-lo. Ela provavelmente lhe perguntou se o kentuki continuava na casa e ele tinha mentido, mentido para defendê-lo. Para defender a gloriosa amizade de seu pai com "o boneco". Então o telefone tocou, tocou três vezes e parou de tocar. E Giulia, que tinha dado um passo até Enzo para começar a insultá-lo por causa do kentuki, deteve-se.

— Aqui isso também acontece? — ela perguntou.

— Isso o quê? — disse Enzo, embora tivesse entendido muito bem a que sua ex-mulher se referia.

Luca olhou para Enzo, a carinha redonda do menino agora branca feito um papel. O telefone tocou mais três vezes e parou de tocar.

Que ele soubesse, era a primeira vez que aquilo acontecia em sua casa, mas a cara do menino o preocupou. Quando o telefone tocou outra vez, o garoto deixou cair a mochila no chão, assustado, e Giulia deu um pulo na direção do aparelho e atendeu.

— Alô — disse. — Diz alguma coisa, caralho.

Olhou para Luca e desligou. Enzo reparou que, na distração, o kentuki tinha saído dali, possivelmente para sua toca debaixo da poltrona.

— Em casa também não respondem — disse ela, que, consternada com a ligação, parecia ter se esquecido do kentuki —, pelo menos não quando sou eu que atendo — disse e olhou para o menino, que não tirou os olhos do chão.

Giulia recolheu a mochila de Luca e o pegou pelo pulso.

— Vamos — disse.

Afastaram-se para a porta, Enzo os acompanhou. Ela abriu e empurrou Luca para o carro, para que fosse se adiantando, e então, tomando cuidado para não levantar a voz, virou-se para Enzo, furiosa.

— Vou procurar uma advogada — disse. — Vou tirar o Luca de você, e depois vou enfiar esse aparelho no meio da merda do seu viveiro.

Enzo ficou olhando para ela. Queria lhe dizer muita coisa, mas o terror mal lhe permitia respirar. Quando escutou o carro arrancar, fez um grande esforço para levantar a mão e acenar. Nem Giulia nem Luca responderam.

De volta à sala, ele ficou por um momento aguardando, não se via o kentuki em canto nenhum. Já não queria continuar procurando por ele, estava cansado de ficar naquele jogo, ele se fazendo de necessitado e o kentuki, de ofendido. Estava furioso.

— Telefona! — gritou no meio da casa. — Faz tocar o maldito telefone!

O que estava acontecendo? O que estava acontecendo entre seu filho e o kentuki? Pensou em todas as maneiras de parti-lo, quebrá-lo e despedaçá-lo, as ideias não paravam de chegar. E, no entanto, deu alguns passos para trás. Pegou sua mala e seu casaco e saiu de casa. Ficou do outro lado da porta, olhando a madeira, o visor, a maçaneta já tão gasta. Apoiado entre o vidro e a cortina, o kentuki, imóvel, o observava.

NA METADE DA SEMANA, Grigor já tinha ficado sem tablets. Deixou outra vez Nikolina trabalhando sozinha e voltou a percorrer o centro de Zagrebe. Foi até uma das poucas lojas da Ilica que ainda não tinha pesquisado, comprou dois e em seguida outros três em frente, em um pequeno local de telefonia. Tinha a sensação de que fazia muito tempo que não se sentava para valer em nenhum lugar e se deixou cair diante de uma mesinha ensolarada da rua Tkalčićeva. Sentia-se como se acabasse de voltar à sua cidade depois de uma longa ausência e em seguida decidiu que almoçaria. Do outro lado da rua, uma senhora idosa que também bebia algo sozinha lhe sorriu e Grigor lhe devolveu o gesto gentilmente. Notou que estava tranquilo, que o plano B tinha se saído bem, e quando o garçom veio lhe perguntar o que ia pedir, sentiu uma fome tão voraz que teria sido capaz de pedir dois pratos.

Na mesa ao lado, dois homens jogavam cartas com um kentuki. Os três jogos se espalhavam em leque diante de cada jogador, virados para cima. No centro, um bolão de apostas reunia os movimentos. Se o kentuki avançava sobre alguma de suas cartas, elas eram adicionadas ao bolão imediatamente. Agora existiam aqueles aparelhos por todos os lados, tantos que até seu pai parecia começar a entender do que se tratava. Estavam frequentemente no noticiário, retratados em reportagens de comportamento ou em histórias de fraudes, roubos e extorsões. Os usuários compartilhavam vídeos em todas as redes sociais, com suas invenções caseiras de kentukis presos a drones, montados em patinetes ou passando o aspirador pela casa. Tutoriais decorativos, conselhos pessoais, milagres de sobrevivência diante de acidentes insólitos. Um kentuki panda assustando um gato e fazendo-o saltar pelo ar. Um kentuki coruja com gorro natalino batendo em sete taças com a ponta do nariz e fazendo soar uma canção de Natal. Era quase um milagre que àquela altura ainda não tivesse se estabelecido nenhum tipo de regulamentação para o uso dos kentukis. Um milagre que era o fogo divino de seu bendito plano B.

Voltou caminhando e, já no apartamento, foi direto para o quarto e deixou os tablets novos na mesa. Nikolina se virou para ele.

— Temos um problema — disse.

Grigor achou estranho não encontrar a mesa coberta de tablets. Nikolina, o polvo de braços longos e vértebras marcadas que tanto o tinha desconcertado no primeiro dia, trabalhava vorazmente, tocando de dez a doze conexões ao mesmo tempo sem tomar nem um respiro. E em compensação agora havia um único tablet diante dela, sobre a mesa, sozinho.

— Esta garota — disse Nikolina, aproximando-o.

Ele nunca se referia às conexões pelos amos às quais estavam linkadas. Não trabalhava com pessoas, mas com dispositivos vinculados a determinados números IMEI: tecnologias telefônicas, sistemas hexadecimais e um chamativo bloco de planilhas de dados. Quem era "esta garota"?

Nikolina lhe estendeu o tablet, para que ele pudesse ver. Era o kentuki panda número 47, se não estava enganado.

— Aconteceu uma coisa, mas você não vai ficar bravo, né?

Grigor se esticou até a mesa e buscou pela planilha do 47. Sim, era o kentuki que tinha pensado. Uma conexão da qual ainda não pudera coletar nenhum dado. O dispositivo estava confinado em um cômodo fechado — mal-ajambrado, e, no entanto, equipado com consoles de jogo e uma tela gigante —, do qual não lhe permitiam sair. Um adolescente entrava algumas horas no dia para passar o tempo ou dormir na poltrona. Fazia mais de um mês que estava conectado, e Grigor ainda não tinha conseguido obter nenhum dado nem tinha encontrado uma forma de sair dali.

— O que aconteceu?

— A porta ficou aberta. Não sei por quê. Então aproveitei e escapei.

— E aí? Sabemos finalmente onde estamos?

Grigor pegou a esferográfica, ansioso para, por fim, conseguir alguma informação. Mas ela fez um sinal para que ele se aproximasse e sentasse ao seu lado. Tinha tirado fotos da tela do tablet, muitas fotos, queria mostrá-las enquanto explicava.

— É que você tem que ver para entender, isso é uma loucura.

Grigor sentou-se e Nikolina mostrou as primeiras imagens. Tinha-as guardado no próprio tablet e, enquanto ia passando, foi contando tudo desde o começo. A casa se revelou ser um rancho humilde, não tinha encontrado ninguém e queria ouvir vozes para deduzir sua localização, de modo que saiu para o pátio. Havia cachorros soltos, que não lhe fizeram nada, e cabras, muitas cabras soltas. Nikolina deteve-se em uma foto: um povoado plano e aberto em alguma região úmida e quente, o céu carregado, nem uma única alma em toda a fotografia, apenas a estradinha, algumas casas e cabras e mais cabras por todos os lados.

— Você saiu da casa? — Grigor ficou preocupado.

— Já sei, sei as regras, mas espera. Primeiro escuta. Eu não podia atravessar a rua porque é toda de terra, tá vendo? Não ia funcionar.

Grigor olhou a foto seguinte. Era como um povoado fantasma e as cabras não pareciam pertencer a ninguém em particular. Havia uma deitada no meio da rua, cinco outras descansando à sombra da churrasqueira de um restaurante abandonado, um grupo maior ao fundo, afastando-se. Em meio a tanta desolação, uma moto vermelha estacionada em frente a uma das casas o preocupou; então, sim, tinha gente perambulando, pensou Grigor.

— Mas dá para se mexer pela calçada, tá vendo? — continuou a explicar Nikolina e passou para a foto seguinte. — Pensei que podia ver a casa do lado. Mas também não tinha ninguém.

Então se afastou um pouco mais.

— Quanto?

— Dois quarteirões, talvez três.

Grigor pôs as mãos na cabeça. Era um risco estúpido, se afastar desse jeito do carregador. Se alguém aprisionasse o kentuki agora, se por alguma razão não houvesse um modo de voltar ao carregador, o trabalho daquelas semanas se perderia.

— Vamos, chefe — disse ela por fim, interrompendo sua bronca —, você nunca caiu na tentação?

Dezenas de vezes, mas os kentukis eram seus. Sabia que não havia nada melhor que isto: escapar dos amos e se mover com autonomia pelas áreas de conexão era uma experiência extraordinária. Extraordinária para ele, mas Nikolina não estava sendo paga para se divertir. Olhou-a com impaciência.

— Espera — disse ela —, é importante.

Nikolina tinha entrado em uma casa, três quarteirões adiante, uma casa baixa e grande, larga. Seu carregador marcava naquela hora uns setenta por cento de bateria, então pensou que tinha margem. Dois homens estavam sentados à porta, em cadeiras de plástico. Nikolina mostrou as fotos e Grigor viu que, entre os homens, apoiada na parede, havia uma espingarda.

— Uma espingarda?

Nikolina assentiu.

— Uma espingarda e muitas outras cabras.

Havia tantas ao redor da casa que isso fez com que não a vissem e ela pudesse dar a volta e entrar pela porta de trás. Bem, na verdade não havia uma porta, o umbral tinha uma grade.

— Tá, direto ao ponto, que você está me deixando nervoso.

Um dos cachorros, um pequenino, entrou. Passou sem problemas entre as barras, então Nikolina tomou coragem e o seguiu. Mostrou a Grigor a foto seguinte, já dentro da casa: uma copa aberta à cozinha, rudimentar, e uma mulher que lavava os pratos. Estava inclinada na pia. Nikolina explicou que atravessou a cozinha e passou por uma porta que dava para a sala onde outros dois homens conversavam jogados num sofá. Disso não tirou foto, passou o mais rápido que pôde, estava muito exposta e não tinha onde se esconder.

— Em que idioma eles falam?

— Português, acho.

Grigor a olhou, impressionado e desconfiado ao mesmo tempo.

— Eu adoro o Ronaldinho, você sabe — disse Nikolina, piscando um olho.

Grigor anotou o idioma. Nikolina avançou pelo corredor, acompanhada pelo cachorro. Dava para os quartos e eram muitos, uns seis ou sete. O primeiro tinha grades e estava vazio. Mostrou a foto.

— É claramente uma cela, Grigor. A cama, um cobertor, nada mais.

Grigor anotou e Nikolina ficou por um instante olhando para ele, desconcertada. Fez não com a cabeça e continuou.

O resto dos quartos também estava vazio, cada um deles com uma porta de grades, encostada. Havia algumas imagens das camas, que eram de casal e estavam desfeitas, era tudo um nojo.

— No último quarto tinha uma garota — disse Nikolina —, a grade desse quarto, sim, estava fechada, mas eu passei entre as barras, e quando a garota viu o kentuki seus olhos se arregalaram. Saiu da cama como se tivesse visto um copo de água no meio do deserto. Correu para a porta e encostou uma cadeira para que eu não conseguisse sair de novo.

— Ou seja, estamos presos, e sem carregador? Faz quantas horas?

— Ela não tem nem quinze anos, Grigor. Escreveu isto em um papel e segurou ele na frente da câmera.

Nikolina mostrou a foto seguinte. Era um guardanapo sujo e parecia estar escrito com batom. A não ser pelo número de telefone, Grigor era incapaz de entender o que a mensagem dizia. Nikolina leu suas anotações:

— "Meu nome é Andrea Farbe, me raptaram. Telefone da minha mãe: +584122340077 por favor!" Está escrito em espanhol — esclareceu Nikolina —, dei um google no código telefônico e é venezuelano. Acho que estamos no Brasil, mas a garota não é de lá.

— Não sabemos onde ela está.

Grigor explicou que o sistema de conexão se movia sobre proxies anônimos e pulava automaticamente de servidor em servidor. Mesmo se tivessem como localizá-lo, a única coisa que obteriam com apenas um pouco de pesquisa seriam sinais expirados de quase todos os lugares do mundo. Nikolina tapou a boca. Ficaram pensando por um momento.

Grigor pegou o tablet 47 e viu a garota pela primeira vez, não em fotos, mas ao vivo. Magra e com olheiras, mexia desesperada em gavetas vazias, e parecia tomar cuidado para não fazer nenhum barulho. As paredes eram de cimento, e os lençóis, pretos e cor-de-rosa, pareciam de algum material sintético e barato.

— Precisamos de um carregador — disse Grigor. — Se prestarmos atenção, podemos deduzir onde estamos, mas não sabemos quanto tempo isso pode levar. Enquanto isso, precisamos de bateria.

— Ela está escrevendo, no chão — disse Nikolina —, gire o kentuki para o outro lado.

Ele o girou. A garota tinha desenhado uma cruz no chão, e agora escrevia nos quatro retângulos. Escreveu NÃO no de cima à esquerda, SIM no de cima à direita, NÃO SEI no de baixo à esquerda, e no último: PERGUNTE MAIS.

Nikolina ia checando cada palavra no tradutor.

— Confirmado — disse —, é espanhol.

— Isso não serve — disse Grigor. — É a gente que precisa fazer as perguntas, assim não vamos detectar onde ela está.

Uma notificação os alertou de que a economia de bateria tinha chegado aos cinquenta por cento. Nikolina tirou o tablet de Grigor e moveu o kentuki sobre o retângulo de PERGUNTE MAIS, talvez porque das quatro opções que havia, "pergunte mais" era a mais parecida a "conte-nos mais".

A garota falava, mas eles não entendiam.

NÃO, marcou Nikolina, PERGUNTE MAIS.

A garota praguejou baixinho e olhou para os lados, mexendo a cabeça em sinal de não, desesperada.

Nikolina alcançou um batom que havia ali e o empurrou até os pés da garota.

— Onde você está! — gritou ao tablet, enquanto Grigor, atrás dela, se retorcia em sua cadeira, tentando pensar em algo.

Em algum momento da tarde, quando a bateria já chegava aos trinta por cento e a garota conseguiu se acalmar e pensar, escreveu algo em um papel e o mostrou:

"Surumu."
Grigor olhou para Nikolina.
— E agora, em que língua está falando?
Nikolina deu um google. Descartou alguns resultados e depois gritou:
— É um vilarejo! Surumu fica no estado de Roraima, que é no Brasil.
Localizou-o em seguida, ficava a apenas dois quilômetros da fronteira com a Venezuela. Era um vilarejo tão pequeno que nem sequer tinha entrada na Wikipedia. Nikolina pôs na frente de Grigor a foto do guardanapo com o número da garota e ele telefonou. Telefonou tremendo e maldizendo sua sorte em silêncio, questionando a si mesmo se teria feito esse telefonema se Nikolina não estivesse ali, pressionando. Perguntou em inglês se estava falando com a mãe de Andrea Farbe e a mulher que atendeu ficou por alguns segundos em silêncio antes de começar a chorar. Nikolina tirou dele o telefone e tentou acalmá-la. Percebeu em seguida que a mulher não entendia nem uma palavra de inglês, e que chorava porque tinha escutado o nome da filha. Então desligaram e ligaram para a delegacia mais próxima a Surumu que puderam encontrar, a 317 quilômetros dali. Transferiram a ligação de ramal em ramal, eram encaminhados assim que se davam conta de que eles não falavam português, até que alguém finalmente atendeu num inglês rudimentar. Tentaram explicar o que estava acontecendo, mas cada vez que a polícia parecia por fim entender, a comunicação era interrompida. Nikolina telefonou de novo, foram várias as tentativas até ela entender o que para Grigor estava claro desde o início.

Quando Grigor sugeriu que talvez a polícia também estivesse envolvida, Nikolina ligou para outras delegacias próximas. Ou voltavam a desligar, ou se negavam a falar em inglês, ou deixavam-na pendurada no telefone infinitamente. Grigor pensou que seria suficiente fotografar a imagem da garota e se comunicar com algum meio de comunicação não oficial para que as coisas realmente começassem a se mexer, embora se perguntasse se não seria uma decisão imprudente. O que Grigor não tinha percebido — mas deduziu assim que Nikolina lhe apresentou uma solução parecida — era que ela tinha gravado os telefonemas para cada delegacia, tinha oito gravações diferentes no celular. Nikolina ligou para diversos meios de comunicação e entregou todo o material.

Algumas horas mais tarde, o telefone de Grigor tocou e era a polícia venezuelana. A polícia federal brasileira também telefonou, além da chefia do departamento geral de polícia de Roraima. Em Surumu, a garota tinha perguntado se tinham feito a ligação. Nikolina indicou SIM e a garota passou a chorar em silêncio desde então. Grigor enumerou para Nikolina as possíveis consequências do que acabavam de fazer e os dois ficaram por um instante em silêncio, talvez medindo para si mesmos até onde cada um estava disposto a chegar.

— Temos que mudar tudo — disse por fim Nikolina, e foi só quando ela juntou suas coisas e as primeiras duas caixas de tablets e saiu para o corredor, que Grigor entendeu o que ela queria dizer.

Passaram os sessenta e dois tablets que tinham em funcionamento para o pequeno apartamento da frente. Desarmaram a mesa de Nikolina e a devolveram para a cozinha. Tiraram as planilhas e as câmeras com seus tripés. Levaram embora qualquer coisa que pudesse incriminá-los. Quando a polícia croata bateu na porta do apartamento de Grigor, só restava um tablet, e não era o do kentuki 47. Grigor não confiava na polícia e tinha decidido que era melhor conservar a conexão e acompanhar o que estava acontecendo em Surumu até onde pudesse. Então sacrificou um kentuki pelo qual, de qualquer modo, teriam pagado muito pouco, e o entregou à polícia no lugar do 47, com o histórico apagado.

Enquanto isso, o verdadeiro 47 agonizava em outro continente com seus últimos dez por cento de bateria. Ocuparam-se dele assim que a polícia foi embora.

— Precisamos pôr ele de volta no carregador.

— Não — disse Nikolina. — Não podemos abandonar a garota. Não num momento como este.

— Se a gente ficar aqui — disse Grigor —, não vamos durar muito mais de quinze minutos. Se a gente se mover, ainda pode acontecer algum milagre.

Nikolina assentiu. Aproximaram o kentuki da cadeira e deram umas batidinhas. A garota entendeu e a retirou. O cachorro estava sentado no meio do corredor, esperando por eles, e voltou a cheirá-los a caminho da cozinha. No sofá, só havia um homem, que dormia. O rádio estava ligado. Nikolina saiu da casa e, desviando de alguns buracos no cimento e no barro, detendo-se entre as patas das cabras e tomando cuidado para que elas não a derrubassem, foi afastando o kentuki pela calçada daquele vilarejo fantasma já escuro e noturno. Era uma maravilha vê-la mover o kentuki, Grigor nunca a tinha visto trabalhar tão de perto, estava impressionado. Na outra casa, as cabras continuavam do lado de fora e as portas, abertas, na mesma posição da manhã. Quando por fim Nikolina calçou o kentuki no carregador, os dois deram um grito e bateram as palmas entre si. A bateria estava carregando.

ALINA SENTOU-SE NA ESCADA, perto das piscinas, e tirou o tênis para que o calor da ardósia secasse a umidade de seus pés. Pensou em Carmen, que dizia que os artistas sempre cheiravam mal. Eram bonitos como os deuses do Olimpo, "bonitos e malucos" — dizia, de um jeito ruim —, mas cheiravam feito o próprio inferno, e cada vez que algum aparecia procurando por um livro, Carmen tinha que ventilar a biblioteca inteira. Será que ela, depois de dez quilômetros de corrida, cheirava tão mal como os artistas? Estava sentada no último degrau do platô. Do outro lado das piscinas, um kentuki ladeava a sombra exterior da sala de exposições e se distanciava para a galeria.

Agora havia kentukis por todo lado. Alina tinha contado cinco. Alguns dias antes, a louca das instalações de cortiça tinha levado da cozinha um kentuki toupeira que não era o seu, e o russo, que tinha uma toupeira da mesma cor, levou o dela. Sven contou isso com riqueza de detalhes. Nenhum dos artistas havia notado a troca. Até que o "ser" da toupeira do russo, ou seja, o ser do kentuki que agora estava com a louca da cortiça, mandou uma mensagem de áudio para o celular de seu amo. Era a primeira vez que o russo escutava aquela voz, não sabia de quem era a mensagem nem em que idioma estava falando. Escutou a mensagem no jantar, e o casal de fotógrafos chilenos disse que parecia galês — a mãe dela era galesa, e ela reconheceu o idioma de imediato. Então o russo a reencaminhou à chilena e a chilena à mãe dela, que fez a tradução gravando a mesma mensagem, mas em espanhol, que a chilena fez o favor de repetir em inglês para todos, tentando manter a entonação de sua mãe. A mensagem dizia: "Ou você me tira das mãos desta louca, ou eu me desconecto!". A mulher da cortiça estava entre os curiosos. Demorou alguns segundos para entender que se referiam a ela e depois, furiosa, pegou seu kentuki — quer dizer, o kentuki do russo — e pisou nele com toda força. O primeiro golpe só o deitou no chão — o russo tentou resgatá-lo —, mas no segundo, o salto acertou diretamente a câmera e afundou a cara do bicho até o metal se abrir. Seguraram-na e tentaram acalmá-la. Na distração, o outro kentuki desapareceu e ninguém voltou a vê-lo. O que apanhou tinha sobrevivido, chiava, e o russo se afastou com ele nos braços, acalmando-o com o que para Sven pareceu a canção de ninar mais arrepiante que tinha ouvido na vida. Coisas como essas eram as únicas das quais Sven falava naqueles dias. De artistas e kentukis. Alina se limitava a escutar.

Subiu para o quarto e tomou banho. Depois, sentada diante da mesa, espreguiçou-se na cadeira, prendeu os cabelos em um grande coque e consultou as economias em sua conta bancária. Queria antecipar a volta a Mendoza, embora estivesse com o dinheiro apertado.

— Tem certeza de que você está bem? — continuava a perguntar sua mãe no chat.

Enviava a Alina carinhas com beijinhos, melancias e gatinhos, encaminhava fotos de suas sobrinhas.

Alina dizia que sim e respondia com caveirinhas.

Carmen tinha jurado que o Dia dos Mortos seria a melhor coisa que aconteceria em toda a estadia de Alina. Não a deixaria partir sem antes ver como os oaxaquenhos eram bons de festa. Agora tomavam café na mercearia quase todas as tardes.

Alina propôs descerem juntas para Oaxaca na noite do Dia dos Mortos. Seria um bom plano, poderiam passear de bar em bar e ficar por ali até de madrugada. Por um momento Carmen sorriu. O plano era bom, mas Alina se esquecia de que Carmen, além de bibliotecária, era mãe, mãe de duas crianças amas de kentukis. Seria uma noite em claro.

— Noite em claro?

— É bobagem das crianças — disse Carmen —, a coisa do boicote de kentukis. Querem passar a noite abraçadas a seus gatinhos para se certificarem de que não vai acontecer nada com eles. Querem pregar tábuas nas janelas e apagar as luzes de dentro, como se fosse acontecer um bendito ataque de zumbis.

Carmen terminou seu café num longo gole e ficou olhando o bosque.

— E o pai — disse —, em vez de acalmá-los, comprou para cada um uma mochila de emergência, com lanternas, sacos de dormir, pistolas de tinta vermelha... Vai vendo o que me espera.

Assim que Alina voltou para o quarto, ligou o tablet e deu um google em "boicote", "kentukis", "Dia dos Mortos". O Coronel estava prestes a chegar dos ateliês e bater na porta, mas o que acabava de ouvir prendia agora toda sua atenção. Aparentemente o movimento tinha nascido em Las Brisas, um bairro de Acapulco de ruas estreitas e casas de alto padrão repletas de palmeiras, um dos vinte bairros do mundo onde, segundo o *Financial Times*, uma em cada quatro famílias tinha ao menos um kentuki em casa. As pesquisas revelavam umas nove perdas semanais, que, em um bairro pequeno como aquele e suficientemente endinheirado para repor as baixas imediatamente, começavam a ser um problema. Os jardins eram muito pequenos para ficar enterrando bichos, e as pessoas não queriam jogá-los no lixo. Perto dali, na região de Unta Bruja, uma mãe com dois filhos desconsolados tinha cavado em uma esquina arborizada — que era o mais parecido com um espaço público que se podia encontrar em quilômetros de distância — uma espécie de sepultura, onde haviam velado dois kentukis panda. Alguns dias depois, mais sepulturas apareceram ao redor da primeira. O espaço não podia alojar muitos corpos mais, e ainda assim logo se viram em Las Brisas mais sepulturas para lá e para cá, nas poucas pracinhas públicas que existiam e, estendendo-se a outros bairros, no longo bulevar da avenida Miguel Alemán.

A assembleia municipal ordenou ao departamento de arborização que retirasse as sepulturas e reparasse o dano público. No dia seguinte, um casal de idosos tinha se plantado em frente à prefeitura para reclamar o corpo de seu kentuki. Nas redes sociais as pessoas estavam indignadas, mas ninguém voltou a enterrar bichos por lá.

Um sociólogo celebridade da televisão convocou um enterro em massa em todos os estados do México na noite do Dia dos Mortos. O irmão dele — reggaetoneiro anti-imperialista, militante do partido político que não dava trégua ao governo — tinha terminado seu último show com uma contraproposta inquietante, gritando ao microfone: "Não enterrem os mortos, enterrem os vivos!", o que tinha gerado uma confusa discussão na mídia. No fim, como era previsto, os ânimos se acalmaram e o revolucionário boicote foi se perdendo entre notícias políticas, muito mais alarmantes. Só nas redes sociais mais jovens a preocupação permaneceu latente, mas as angústias foram compensadas em seguida com uma alta nas vendas de todo tipo de acessório relacionado à sobrevivência para crianças de oito a quinze anos.

Quando o Coronel Sanders deu suas batidas na porta, Alina guardou na pasta Favoritos o que tinha lido e se levantou para abrir. Girou a chave e o deixou entrar, ele ficava esquisito sem suas asinhas. Tinha um pedregulho de terra preso em uma das rodas, que girava com dificuldade. Alina não disse nada e o deixou se afastar na direção do carregador. A base continuava junto à cama, mas, fazia alguns dias, Sven a tinha movido para o lado dele. Tinha feito isso enquanto ela dormia. Alina tirou as sandálias e se jogou na cama. Fazia uma semana que antes de apoiar a cabeça no travesseiro ela o levantava para se assegurar de que Sven não tivesse deixado nada debaixo. Sentia falta de suas mãos grandes e quadradas, e sempre lhe ocorria que talvez, por que não, ele também poderia ter lhe deixado algo. Suas cascas ou qualquer outro tipo de sinal, talvez algo tão minúsculo que ela não fosse capaz de detectar. Depois se deitava e ficava olhando para o teto.

O que ela estivera esperando por tantos dias e semanas de braços cruzados sobre a cama de casal daquela residência artística? Algo inédito em Sven? Algo inédito nela? E os kentukis... Isso era o que mais a enfurecia. O que era aquela estúpida ideia dos kentukis? O que fazia toda aquela gente circulando por pisos de casas alheias, olhando como a outra metade da humanidade escovava os dentes?

Por que aquela história não era sobre outra coisa? Por que ninguém confabulava com os kentukis tramas realmente brutais? Por que ninguém punha um kentuki cheio de explosivos em uma estação central lotada e não fazia voar tudo pelos ares? Por que nenhum usuário de kentuki chantageava um operador aéreo e o obrigava a sacrificar cinco aviões em Frankfurt em troca da vida de sua filha? Por que nem um único usuário, dos milhares que circulariam neste momento sobre documentos realmente importantes, anotava um dado de peso e quebrava a bolsa de Wall Street, ou entrava no software de algum circuito e fazia cair, na mesma hora, todos os elevadores de uma dezena de arranha-céus? Por que em nem uma única mísera manhã amanheciam mortos milhares de consumidores por causa de um simples balde de lítio vertido — acidentalmente — em uma fábrica brasileira de laticínios? Por que as histórias eram tão pequenas, tão minuciosamente íntimas, mesquinhas e previsíveis? Tão desesperadamente humanas. Nem sequer o boicote do Dia dos Mortos funcionaria. Nem Sven trocaria seus monotipos por ela. Nem ela trocaria por ninguém seus estados de *fragmentação* existencial. Tudo se diluía.

Compraria seu bilhete de volta para os primeiros dias de novembro, concluiu Alina. Assim, assistiria sem dor nem glória à bendita exposição de Sven sobre a qual tanto se falava nos corredores e, um ou dois dias depois, subiria num avião e se esconderia em sua querida Mendoza para sempre. Levaria o kentuki com ela. Durante o voo, pensou, o poria nos compartimentos superiores da cabine, mas nunca o desceria do avião. Que outros peitos, que não os seus, fossem aleatoriamente destinados ao Coronel.

TINHA MUITO PARA CONTAR. No colégio, dava um relatório aos amigos todo primeiro intervalo do dia e cada vez havia mais meninos que queriam escutá-lo. Quatro colegas de turma eram amos e muitos outros eram kentukis, alguns iam para sua segunda e até terceira vida. Mas nenhum vivia em terras vikings e, menos ainda, nenhum circulava "libertado" com um mapa repleto de bases de bateria. A situação de Marvin era a melhor que alguém podia ter numa vida de kentuki. Restrito ao horário entre as onze da noite e as duas da manhã, ele cruzava com pouca gente e muitos eram bêbados — o que não deixava de ser divertido. Além do mais, quando se tinha a altura de um kentuki, podia-se ver no lugarejo coisas que ninguém mais via. O Clube de Libertação estava em toda parte: havia pequenos grafites na beira das calçadas e no pé dos muros das casas. Flechas indicavam onde havia teto, caso chovesse, e dezenas de lares dispostos a oferecer pequenos reparos e bases de bateria.

No dia anterior, na base de um banco de praça, ele leu: "Tudo de bom pra você, SnowDragon! Escreva pra gente!"

Pensou em Kittyo3, e no quanto teria pagado a Jesper para pintar aquela frase na frente do espigão. Era bobagem estar ali, sozinho no meio da noite, quando tinha tantos amigos do outro lado da cidadezinha que esperavam saber alguma coisa dele. Chegar à neve estava lhe tomando muito mais tempo do que tinha calculado, mas mesmo assim não regressaria antes de tocá-la.

Abriu o mapa e ficou estudando por um instante algumas alternativas.

Foi nessa distração que o ergueram do chão. Estava numa esquina escura em que não tinha visto ninguém, e agora dois meninos o sacudiam. De onde tinham saído? Pareciam irmãos e tinham a idade dele, talvez um pouco menos. Levavam estilingues. Foi o menor que o levantou, o maior o tirou das mãos do outro e puxava suas rodas como se quisesse arrancá-las. Gritavam e brigavam por ele, a câmera balançava tanto que mal conseguia entender o que estava acontecendo. Num esforço, viu no chão parte do aparato com o qual Jesper tinha prendido a segunda bateria. Marvin se assustou. Voltaram a jogá-lo e a erguê-lo. O menor gritava enquanto tentava tirá-lo do irmão. Marvin acionou o alarme, não pensou duas vezes. Quanto tempo Jesper demoraria para chegar? Lembrou-se de que o alarme, além de ativar o localizador, deveria ter deixado todo mundo surdo, mas nada soava. O dragão caiu e rodou outra vez. Marvin continuava a acionar o alarme. Não funcionava. Ele se chocou contra o meio-fio e milagrosamente conseguiu pôr-se de novo sobre as rodas. Tratou de se afastar. Um cachorro correu em sua direção e latiu, exibindo os dentes. Os meninos o levantaram de novo por trás. Com o cachorro havia um homem, Marvin já estava em suas mãos. Os meninos gritaram, contrariados, e o homem os repreendeu, os empurrou até uma caminhonete e abriu a porta da cabine. Subiram, puxando-se pelos cabelos. O homem deixou o kentuki atrás, na carroceria da caminhonete. Marvin se moveu assim que o soltaram; na verdade não havia para onde ir. A chapa da carroceria estava oxidada, não tinha nenhum tipo de parede nem grades nas laterais, apenas uma canaleta marcava as bordas precariamente. No centro, alguns caixotes de maçãs empilhados, presos à cabine com cordas. O homem remexia para abrir o plástico que fechava o primeiro caixote, pegou três maçãs e se retirou. Subiu na caminhonete e a sacudiu ao bater a porta. O motor foi ligado e a imagem tremeu na tela de Marvin, que, tentando se agarrar a algum lado, acabou se segurando nos caixotes. A cidadezinha se movia, passavam as casas e o comércio, afastavam-se pela Honningsvåg na direção contrária à da neve. Fizeram uma curva e Marvin teve que se esforçar muito para não perder o equilíbrio. Pensou em se deixar cair, mas a paisagem passava rápido demais, e não tinha certeza se sobreviveria a uma queda daquelas. Logo a cidadezinha ficou para trás e saíram para a estrada, subiram uma encosta, distanciando-se do mar.

Achava que, se não fossem muito mais longe e ele prestasse bastante atenção, ainda seria possível intuir como voltar. Logo já não restava nenhum vestígio da cidadezinha. A estrada tornou a descer e um lago se abriu atrás da encosta. Um píer e dois casebres humildes passaram a toda velocidade. Atrás do lago, subindo a ladeira, viu a neve. Estava distante, mas eles estavam indo na direção dela. Andaram por uma reta um bom tempo. Era mais branca do que jamais imaginara.

— Marvin! — Da sala de jantar chegou a voz do pai, chamando-o para comer.

A caminhonete saiu da estrada e tomou um caminho de terra, os saltos da câmera não lhe permitiam ver com clareza. Temia que um salto muito brusco lhe jogasse em cima de um caixote de maçãs, mas não havia nada que Marvin pudesse fazer. Uma batida forte fez o kentuki pular. Marvin pensou que cairia da caminhonete. Bateu na chapa com as rodas e conseguiu se mover rapidamente até o centro da caixa. Segurou-se quanto pôde nos caixotes. No tablet, a imagem era cada vez mais escura. Agora via somente as luzes vermelhas da caminhonete brilhando sobre o solo em movimento, e, ao longe, quase no céu, a neve iluminada pela lua.

Da escada, seu pai o chamou outra vez.

A caminhonete acelerou, iam rápido demais. Houve um novo salto, um que afinal o fez perder o equilíbrio. Rodou até o fundo, se chocou contra a chapa da cabine e voltou a rodar para a frente. Tomaram outra saída, era íngreme e algumas maçãs bateram na câmera. Tudo continuava a balançar. Era impossível ficar de pé, era impossível ficar parado. Rodou para uma das laterais, a canaleta da chapa o deteve por um momento, mas uma última batida o fez saltar outra vez.

Caiu. Sentiu o vazio sob suas rodas, o golpe contra o chão, o chiado de suas espumas e plásticos e metais rodar a toda velocidade encosta abaixo.

A voz do pai gritou seu nome do outro lado da porta, e Marvin teve que fazer um esforço para não desatar a chorar. Rodava, continuava rodando para o lago quando pensou em sua mãe e na neve. Parecia que nada mais ia alcançá-lo, muito menos se Deus continuasse insistindo em tirar dele as coisas que mais lhe importavam. Rodava, e seu pai abriu a porta. Marvin afastou o tablet e o deixou sobre os livros, apertou tanto os dentes que parecia que não conseguia mexer nenhuma outra parte do corpo. O ruído da queda continuava a se ouvir, metálico, no cômodo. O que faria se seu pai perguntasse o que estava acontecendo? Como explicaria que na verdade fora abatido, que estava quebrado, e que ainda rodava, sem nenhum controle, para baixo? Fez um esforço e conseguiu respirar. Será que o pai conseguia escutá-lo cair? Será que entendia que o barulho do tablet eram suas próprias batidas no cascalho? Olhou para o pai, que, com um gesto de cabeça, lhe indicou que saísse. Marvin desceu da cadeira. Quando passou pelo pai, viu o boletim do colégio pendendo-lhe da mão. Era como se Marvin não sentisse o chão, caminhava no ar. A casa inteira parecia muito leve, irreal. Demorou em reconhecer o silêncio, em aceitar que ele vinha do tablet.

— Desça — disse o pai.

Queria dizer que não dava, que se sentia doente e enjoado, e que não podia descer mais do que já tinha descido. Ouviu-o fechar a porta do escritório, e depois o ruído da chave e dos seus passos se aproximando. Marvin teve que se apoiar no mármore da varanda. Por um momento, o frio fez doer a ponta dos seus dedos. Pensou na mãe. Foram apenas alguns segundos, o calor de Antígua logo o tirou de seu devaneio.

— Desça — ele ouviu outra vez.

A mão do pai agora o empurrava pelas costas. Degrau por degrau, cada vez um pouco mais baixo.

AO MEIO-DIA, DOIS ENTREGADORES diferentes levaram cinco pedidos atrasados. O plano B havia chegado a um ponto em que, mesmo com a ajuda de Nikolina e tendo quase quadruplicado os preços, já eram vendidas mais unidades do que eles eram capazes de repor. Mas Grigor conhecia muito bem os ciclos desses negócios. Os preços estavam baixando e as ofertas de última hora se multiplicavam todos os dias. As revendas sempre eram a última coisa a cair, em breve o declive começaria a ser sentido.

A loucura de Surumu tinha deixado Nikolina internada no quarto de Grigor por duas noites e três dias. Atentos às notícias e ao telefone, que às vezes voltava a tocar, descuidaram de grande parte dos kentukis e agora tinham muito trabalho atrasado. Dormiam por turnos e se alimentavam basicamente de bolachas e iogurtes que seu pai continuava a levar para eles pontualmente, alheio a tudo o que estava acontecendo.

O mais angustiante era o limbo em que tinha ficado o kentuki de Surumu. Quando as cinco horas de recarga se cumpriram, Nikolina ativou o kentuki e comprovou com alívio que as portas da casa seguiam abertas. Em Zagrebe, sacudiu Grigor, que dormia no chão, a seus pés, e juntos voltaram a sair à calçada para avaliar o entorno. O vilarejo estava tão vazio quanto no dia anterior. Estavam atravessando o segundo quarteirão quando alguém os ergueu. Viram o céu, ainda cinzento e carregado. Viram — Nikolina estava convencida — dois carros de polícia em cima da calçada da frente, com as luzes do capô acesas. Depois era só escuridão, como se os tivessem posto numa mala ou vendado a câmera. As rodas não pareciam se apoiar em lugar nenhum.

— Estamos no ar — disse Grigor. — Melhor economizar energia.

Pelos ruídos, deduziram que acabavam de entrar em um caminhão, ou em algum tipo de reboque. Embora estivessem sobre o chão, não havia espaço para se mover. Talvez os tivessem posto numa caixa. Nikolina interrompeu todas as ações do controlador e deixou o tablet na mesa em modo de descanso.

Desde então, abriam de quando em quando os olhos do kentuki para checar o que acontecia e sempre voltavam a encontrar aquele negrume desolador. Ninguém falava, não se ouvia nada. Tentaram rastrear notícias nas redes sociais, mas, descontando alguma vaga indignação social por causa das gravações que eles mesmos tinham entregado à imprensa, não havia informação oficial. Então se puseram a trabalhar com as conexões atrasadas.

Cada um se ocupou de seus tablets. Tentavam se distrair, mas no fundo toda a atenção estava concentrada naquela conexão suspensa. Trabalharam, cochilaram em turnos na cama e continuaram trabalhando. Passadas umas quinze horas desde o que Nikolina chamava de "o sequestro", o kentuki foi despertado e, embora continuassem dentro de alguma tela escura, ouviam vozes e portas, viam alguns feixes de luz, como se estivessem se movendo num lugar aberto. Grigor se aproximou em seguida. Balançou a cabeça em negativa, desconcertado.

Que merda estava acontecendo, pensou.

— Faço ele chiar? — perguntou Nikolina.

— Vamos esperar, até ver alguma coisa.

— Pelo menos nos puseram outra vez no carregador.

Passaram quase mais um dia às escuras. Nikolina ativava o kentuki cada vez mais esporadicamente, até que no quinto dia, quando se conectaram, descobriram que a situação era completamente diferente.

Estavam em uma sala ampla, mas numa casa humilde. As paredes eram velhas e sem pintura, duas mesas de plástico de um lado e um biombo dividindo o resto do ambiente. Três grandes janelas se abriam sem ferrolho a uma galeria externa e, atrás, a floresta. Estavam em alguma região tropical. Três criancinhas brincavam no chão e olhavam para o kentuki com curiosidade, talvez porque finalmente o viam se mexer. Uma delas se levantou e saiu correndo para um cômodo à esquerda, de onde voltou seguida por duas mulheres.

— É ela! — gritou Nikolina.

Uma delas era a garota, que ao vê-los os cumprimentou emocionada. A mulher que estava atrás parecia a mãe e olhava enquanto secava as mãos no avental. Aproximaram-se. A garota tinha um giz e desenhou no chão na frente do kentuki, reproduzindo a rudimentar cruz com que já tinham tentado se comunicar. Mãe e filha olharam para a câmera e falaram alegremente, interrompendo uma à outra. Pareciam estar agradecendo, embora nem Grigor nem Nikolina pudessem deduzir palavra alguma, e de novo a cruz da garota só servia para responder. Não sabiam como dizer que não estavam entendendo nada.

— Parecem gente muito boa. — Nikolina também estava emocionada.

Grigor lhe fez um carinho suave no ombro e ela o olhou com surpresa. Ficaram um pouco com o kentuki, interagindo como podiam com a garota e a mãe. As criancinhas, curiosas, atrás. Depois a mãe se despediu e se afastou. Nikolina buscou o número dela e voltou a ligar, pensava que poderia sugerir à garota algum outro método de comunicação. O telefone soou na casa e a garota foi atender. Grigor teria preferido não continuar a se envolver, mas já era tarde, tinham atendido.

— Somos nós — disse Nikolina —, você está bem?

Em seguida repetiu em inglês e depois em um francês bastante rudimentar, que Grigor nunca tinha ouvido dela. Era evidente que a garota também não estava entendendo. Que tipo de comunidade era aquela em que qualquer um parecia saber o que era um kentuki, mas onde ninguém falava uma palavra de inglês? Grigor achou que a garota nem sequer tinha conseguido relacionar o kentuki com o telefonema que acabava de receber. Desligou e disse algo às crianças, que riram.

Então Nikolina largou o tablet. Parecia decepcionada, mas também parecia ter acabado de tirar um grande peso de cima de si.

— Agora sim, preciso de um bom banho — disse. Espreguiçou-se, esticando os braços de polvo para cima. Levantou-se e foi até a porta. — Obrigada — disse a ele do batente da porta do quarto, antes de sair, e sorriu.

Grigor devolveu o sorriso. No entanto se sentiu meio bobo quando a garota foi embora e o gesto ficou desenhado em sua cara. Sozinho no quarto, pensou por um instante naqueles braços largos e flexíveis, nas vértebras de alien cobertas de pele aveludada. Quem sabe, depois de tudo que tinha acontecido com a conexão 47, não tivesse perdido tanto assim. Pegou o tablet, sentou-se na cama e manobrou um pouco o kentuki pela casa da garota, avaliando as condições socioeconômicas do ambiente. Se tivesse sorte, apesar do que tinha acontecido, podia vender esse kentuki também. A conexão estava relacionada com um caso policial, mais de uma vez o tinham procurado em busca de conexões ainda mais mórbidas. Então aquela valeria algum dinheiro. Além disso, era um lugar humilde, quase no limite do aceitável, mas a paisagem era agradável e a família, pitoresca, e sempre haveria europeus de classe alta dispostos a circular seus instintos filantrópicos por países muito incômodos para serem visitados no estilo tradicional. A garota e a mãe pareciam boa gente, era preciso admitir, e as criancinhas, obedientes: seguiam-no com curiosidade, não se aproximavam nem tentavam tocá-lo. A garota se afastou e Grigor a seguiu. Entraram na cozinha, também ampla e também sem acabamentos. Dois homens conversavam à mesa enquanto a mãe lavava louça. Trocaram entre elas alguns comentários, pareciam felizes, desinteressadas na conversa dos homens. Quando Grigor se aproximou deles, achou que entendeu por quê: falavam em inglês. O mais velho — certamente o pai — manejava um inglês precário.

— Eu... Não dinheiro, nada de dinheiro. Já gastado.

O outro homem era mais jovem. Tinha a pele branca e fumava. Sua pronúncia era quase perfeita.

— Sua pequenina voltou, homem. Não entendeu? Se a garota volta pra casa, o dinheiro volta pra carteira do patrão.

A garota se aproximou com dois pratos e deixou um na frente de cada homem. O jovem a pegou pelo pulso e lhe beijou o braço, olhando para o pai. Depois, sem soltá-la, disse:

— Não estão perguntando.

Ela não parecia ter a menor ideia do que estavam falando, mas seu sorriso desapareceu de repente, como se tivesse sido assaltada por uma descoberta ainda incompreensível.

Grigor imaginou a si mesmo tão invisível como seu kentuki grudado na despensa e ficou assim por um momento, escutando como a mãe chamava alegremente a garota. Pensou em Nikolina, se teria coragem de lhe dizer para onde realmente tinham devolvido a garota. Pensou no próprio pai, em seus iogurtes, e no dinheiro que graças ao plano B por fim tinha conseguido juntar. E então entendeu: não queria continuar a ver desconhecidos comer e roncar, não queria voltar a ver nem um só franguinho gritando de terror enquanto o depenavam até os nervos, não queria transportar mais ninguém de um inferno a outro. Não ia esperar que as benditas regulamentações internacionais chegassem para tirá-lo do negócio, já tinham demorado demais. Ia sair sozinho. Venderia os dispositivos que restavam e se dedicaria a outra coisa. Acessou a configuração geral e, sem se incomodar em ao menos tirar o kentuki daquela casa antes, desligou a conexão.

TINHA SONHADO COM KLAUS. Mexia-se na cama, entre os lençóis, e o tinha sentido abraçá-la na escuridão. E depois alguma coisa pior. Algo quente e espumoso, e a rigidez do grande sexo alemão entre suas pernas por fim a despertou. Estava tão assustada que teve que se sentar por um momento e acender o abajur. Então viu sua coelhinha. Estava no meio do quarto, os olhinhos abertos olhando para ela com doçura. Será que a tinha visto sonhar? Será que viu mais do que devia? Vinham convivendo há quase uma semana, uma semana tão harmônica e amorosa que Emilia teria até vergonha de confessar o sonho. Para Gloria, sim, para Gloria contaria, porque era sua grande amiga nessa aventura e tinham intimidade. Para o filho, ao contrário, não tinha contado nada. Ele estava fascinado demais pela mulher das botas pretas, ocupado demais ultimamente para responder à mãe com o mínimo de interesse, e quando falavam sobre kentukis, tinha muito mais para dizer do que para escutar.

O que preocupava Emilia era como o rapaz cuidava pouco de sua intimidade: indignava-a que até mesmo ela, de outra geração e com uma vida inteira distante das tecnologias, fosse tão mais consciente da exposição e do risco que implicava a relação com aqueles bichinhos. Ela via isso todos os dias pela TV Notícias. Convidavam especialistas que, tal qual a previsão do tempo, listavam no programa das dez da noite novos conselhos e precauções. Emilia achava que era uma questão de bom senso, e de saber se conter. Era preciso experiência de vida e um pouco de intuição. Mas valia a pena se arriscar, no fim das contas havia animaizinhos como o seu, como o que ela era em Erfurt. Seres com boas intenções, que não pretendiam nada mais que compartilhar tempo com os outros.

Assim tinha sido com Eva, no começo. Depois Klaus tinha causado rusgas, e agora os dias voltavam a transcorrer com tranquilidade. Apesar de o alemão continuar a telefonar. Nas primeiras vezes, Emilia via seu número brilhar na tela e tremia. Andava de lá para cá na casa com o telefone, sem saber o que fazer. No fim, sempre atendia. O alemão falava em um inglês fechado e ininteligível, ela não entendia grande parte do que ele dizia, e, no entanto, na terceira ou quarta ligação, começou a se familiarizar com aquela voz grave e se deu conta de que decifrar o que ele dizia tampouco era importante. Desconfiava que, com toda a abertura mental da qual tinha sido capaz naqueles últimos meses, talvez existisse algo mais na lascívia e na agressividade daqueles telefonemas. Talvez no fundo o homem também estivesse pedindo atenção, talvez os telefonemas fossem uma forma de se aliviar de uma vida dura e opressiva que Emilia não podia suspeitar. Disse a si mesma que era preciso fazer o esforço de escutá-lo, era uma oportunidade para deduzir mais detalhes da realidade da garota. Fazia aquilo por Eva, quer dizer, pelas duas. Escutava a voz do alemão e fechava os olhos, tentando entender. Às vezes o tom de Klaus parecia ser de pergunta, seguido de um silêncio, e então Emilia dizia alguma bobagem em espanhol, sobre o clima ou sobre as notícias do dia, até que Klaus a interrompia e voltava a falar. Era sempre ele quem desligava. Emilia, claro, aguentava firme até o fim.

Ela empurrou os lençóis para um lado, vestiu o penhoar e se levantou. A coelhinha a seguiu até a cozinha e esquentaram água para o chá. Não havia se passado nem uma semana e já tinham uma rotina própria. No começo, Emilia tentou não se entregar ao encanto daquele animalzinho. Achava que se ver tão genuinamente representada, ser em Erfurt algo tão parecido com aquilo que se movia o dia inteiro a seus pés, podia parecer enganoso, podia fazê-la confiar mais do que devia. Mas era notável o respeito que sentia por parte do kentuki. É que não era por causa da bobagem de serem duas coelhinhas da mesma pelagem e cor, ou por uma fivela posta entre suas orelhas, no mesmo estilo, que eram parecidas. Era como ver a si mesma toda hora, pareciam almas gêmeas em quase tudo o que podiam ser, e às vezes até lhe doía deixá-la fechada para sair e fazer compras na esquina.

Logo começou a lhe contar algumas coisas. Ou fazia o exercício de recordar as perguntas que sempre tinha querido fazer a Eva e as respondia para a sua coelhinha, caso também ela estivesse se perguntando as mesmas coisas: como ela tinha chegado àquela casa, os pontos mais importantes da história familiar de sua ama, como eram as pessoas do bairro e em quem tinha que votar se ela vivesse nesta cidade.

— Você é a única pessoa que conheço que é "amo" e "ser" ao mesmo tempo — tinha lhe dito Gloria.

Falavam de kentukis às escondidas, durante a ducha da natação, enquanto Inés fazia suas últimas voltas na piscina.

— Isso deve te dar um olhar especial, não?

Era possível, sim, ela percebia isso. Às vezes inspecionava o piso de Erfurt procurando por Eva, enquanto ouvia a própria coelhinha se mover às suas costas como um eco atrasado dela mesma. E para sua coelhinha deveria ser tranquilizador ver sua ama "ser" kentuki. Devia fazer pensar em todos os veios de compreensão e solidariedade que implicava um exercício como aquele. Mas o que ela tinha se tornado? Um monge zen das complexidades ambivalentes dos kentukis? Era alguém que estava aprendendo muito, isso não se podia negar.

— É que eles entendem tudo, percebe? — disse ela ao senhor do supermercado, mais tarde, repreendendo-o.

Ela estava pagando no caixa e viu que o homem tinha um kentuki no balcão, andando em cima de tíquetes e faturas. Não parecia inteligente lhe dar tanta liberdade, e Emilia começava a desconfiar que, se havia abusos de alguns kentukis, era por negligência de seus amos. E vice-versa. Os limites eram na verdade os fundamentos das relações. No fim das contas, fora dessa forma que ela tinha agido com seu filho, e tinha dado tudo certo.

Na volta do supermercado, guardou as coisas na geladeira e preparou alguma coisa para almoçar. Ali estava a imagem que tinha imprimido dela e Eva em Erfurt, olhava para ela todas as vezes que abria e fechava a porta. Tinha imprimido outras fotos também, tomadas de sua tela com o próprio celular, e as tinha grudado por todos os lados, e havia até uma em um porta-retratos muito bonito, presente de seu filho. Também tinha imprimido algumas de Klaus. Gostava das imagens do alemão cozinhando de cueca. No momento — com exceção daquelas do espelho do banheiro —, estavam na mesinha de cabeceira. E havia uma muito engraçada com a qual Emilia queria fazer um cartão para Gloria. No fundo, tinha que admitir, desejava que sua amiga visse que tipo de homem era aquele que lhe telefonava em algumas tardes.

Almoçou vendo o noticiário e depois limpou a cozinha. Aproveitava aquelas horas para as questões domésticas, pois era o momento em que a coelhinha costumava dormir. Deixava-a sobre o carregador, como Eva fazia com ela. Quando a erguia, checava sempre com angústia que a discreta luzinha entre as rodas traseiras estivesse acesa. Gloria tinha explicado que era a única forma de se assegurar de que, embora o animalzinho estivesse dormindo, a conexão continuaria estabelecida.

Às duas da tarde, bem pontuais, já estavam ambas na frente do computador, despertando em Erfurt. Às vezes a coelhinha lhe pedia para subir, e Emilia a deixava diante da tela. Devia ser fascinante para o animalzinho ver a si mesmo em outro lugar, ver-se comandado por sua ama.

— É Erfurt, Alemanha.

A coelhinha ronronava, tocava-lhe os braços, olhava-a nos olhos e piscava. Gostava de Erfurt e claramente não gostava de Klaus. Da última vez que ele telefonou, o kentuki tinha ficado um tempo olhando o número iluminar a tela do celular, paralisado, como se fosse o próprio diabo ligando. Talvez notasse a tensão de sua ama. Talvez conseguisse entender algo do que Klaus dizia no ouvido de Emilia, e não gostasse do que ouvia.

— Não é nada de mau, pequenina — disse Emilia depois de desligar. — Não se preocupe.

Na tela de Erfurt, Klaus tinha deixado o telefone na mesa da cozinha e preparava um sanduíche. Ia de lá para cá de cueca, abrindo a geladeira, quebrando uns ovos na frigideira, quase sem largar a cerveja. Emilia se perguntou se, quando estava na cama, diria a Eva as mesmas palavras que a ela, e o pudor a obrigou a olhar de viés para sua coelhinha. Então o telefone de Klaus tocou em Erfurt. Klaus abaixou o fogo e atendeu. Emilia gostava do alemão dele muito mais do que do inglês, embora não compreendesse nada e seu tom fosse muito diferente daquele que usava com ela. Klaus escutava, sério. Foi até a janela com a cabeça inclinada sobre o telefone, parecia prestar muita atenção ao que lhe diziam. Emilia não tinha a menor ideia do que se tratava, mas ele estava atento de um jeito incomum, era um telefonema estranho. Klaus olhou para ela. Olhou para Emilia de um modo que a assustou, como daquela primeira vez antes de persegui-la como a uma galinha. Klaus se aproximou, assentindo ao telefone. Eva abriu a porta do apartamento e entrou. Vinha da ioga, com seu colchonete e a bolsa no ombro. Klaus tapou o fone e explicou alguma coisa a ela, e Eva também olhou para ela, sem soltar as coisas, como se acabasse de receber uma notícia que ainda precisava entender. Os dois a olhavam e Emilia os olhava na tela. Não conseguia deduzir o que estava acontecendo. Klaus retomou o telefonema e assentiu. Anotou alguma coisa num papel e disse umas palavras mais antes de desligar. Aproximou-se de Eva mostrando a tela, passando com o dedo como se estivesse mostrando diferentes imagens. Eva olhava. Sua boca fazia uma careta estranha, depois lhe escapou um sorriso, foi um gesto breve e perverso que Emilia nunca tinha visto nela. Deixou a bolsa e o colchonete de ioga caírem e se sentou. Olhou para o kentuki no chão, que se aproximou de seus pés, porque Emilia queria vê-la de perto, tão desesperada estava para entender. Eva se agachou junto a ela. Sentou-se no chão com as pernas cruzadas e o celular na mão, e discou.

Na casa de Emilia soou o telefone. Estavam acontecendo coisas demais para que fosse possível dar conta de todas. O aparelho tremeu em cima da mesa até que a coelhinha o empurrou e o deixou encostado em sua mão. Era o número de Klaus. Quando Emilia atendeu, Eva a olhou e sorriu. Falou em alemão, mas o tradutor continuava funcionando na tela.

"*Olá.*"

No telefone, sua voz soou mais dura e adulta.

"*Sua coelhinha acaba de me mandar fotos da senhora conversando por telefone com meu namorado.*"

Tratava-a com formalidade.

"*Fotos de sua casa repleta de fotos nossas. Também fotos da senhora. Acho que sua coelhinha puritana está furiosa.*"

Emilia queria entender, mas não entendia.

"*Sua coelhinha parece muito decepcionada com a ama dela. E eu quero te dizer uma coisa...*" A voz de Eva se ouviu mais grave e lenta, tão sensual que Emilia sentiu os pelos da nuca se eriçarem. "*Emilia...*" — sabia seu nome —, "*gosto muito, muito da sua lingerie de velha.*"

Eles a tinham visto com sua calcinha bege? Aquela que chegava até debaixo dos peitos?

"*Muito*", disse Eva olhando para Klaus, "*nós dois gostamos.*"

Emilia deu um pulo na cadeira e derramou para o lado o chá que tinha sobrado. Estava de pé sem saber o que fazer, com o coração pulsando perigosamente rápido. Percebeu que ainda segurava o celular no ouvido.

— Senhorita... — tentou dizer, e sua voz fraca e pigarrenta lhe fez lembrar como estava velha.

Não sabia como continuar. Desligou. Em Erfurt, Eva olhou o celular e disse algo a Klaus, que gargalhou, pegou Eva por um braço, a ergueu num puxão e começou a tirar suas calças de ioga. Emilia desligou a tela, furiosa. Depois voltou a ligá-la e Eva estava abaixando a cueca de Klaus. Como se desconectava daquele pesadelo? Tateou o controlador e encontrou o botão vermelho que tantas outras vezes tinha passado batido.

"Deseja anular sua conexão?"

Emilia aceitou e deixou suas mãos aferradas ao encosto da cadeira de vime. Apertou o entrelaçado até fazê-lo estalar, marcando-o de forma indelével. Um aviso em vermelho saltou na tela: "Conexão finalizada". Era a primeira vez que Emilia via algo tão grande e vermelho em seu computador e seu corpo não parecia capaz de responder a nenhum novo estímulo. Ficou imóvel, exausta de tanto espanto e abuso. O kentuki a olhava da outra ponta da mesa, parecia julgá-la com uma reprovação que Emilia já não estava disposta a suportar. Teve uma repentina lembrança de Klaus: ele lhe havia mostrado como se matavam as galinhas na vida moderna. Emilia ergueu a coelha, levou-a para a cozinha e a meteu na pia. Quando a soltou para abrir a torneira, o kentuki tentou se safar, mas ela a pegou com força pelas orelhas e, com todo o rancor e frustração de que era capaz, o enfiou sob o jorro d'água. A coelha gritou e esperneou, e Emilia se perguntou o que seu filho pensaria se pudesse vê-la naquele momento, como sentiria vergonha dela se visse suas mãos firmes segurando a coelha debaixo d'água, tapando-lhe os olhinhos e afundando-a contra o ralo com toda a força, afogando-a até que a pequena luz verde da base parasse de tremular.

FAZIA QUASE DUAS SEMANAS que não via Luca. Em algum ponto das reuniões com a psicóloga, das discussões com a ex-mulher e da intervenção de uma assistente social, Enzo tinha começado a lidar com a ideia de perder a guarda do filho. Envergonhava-se ao recordar que, apenas dois anos antes, um juiz tinha concluído que sua ex não era estável o bastante para se responsabilizar pelo menino, e o aterrorizava a ideia de que o mesmo juiz pensasse que agora ele tinha se tornado uma opção ainda pior. Sabia que a psicóloga tinha falado por horas e horas com Luca, e supunha que, mais bem formada e informada que sua ex-mulher sobre todas as perversões do mundo, devia tê-las enumerado de cabo a rabo, azeitando detalhes quando achava que alguma coisa não estava bem entendida, ou desenhando no papel o inominável, quando as respostas do menino eram ambíguas. Mas Enzo não podia mais protegê-lo, e a culpa era sua. Contariam e perguntariam tudo ao menino e ele teria que aprender a viver com isso.

A "avaliação dos danos" levou três sessões em uma mesma semana e uma visita à delegacia à qual foram os quatro: um pai, duas loucas e um menino; ou três adultos e um menino; ou um menino que nunca devia ter ido a uma delegacia e que merecia alguém melhor que qualquer um daqueles três adultos. Luca aguentou em silêncio. A denúncia que as mulheres exigiram fazer contra o kentuki, e a impossibilidade legal de fazer uma denúncia assim, o que o oficial encarregado tentou explicar repetidas vezes. Enzo teve que assinar um contrato de comum acordo no qual se comprometia a desconectar o kentuki, assegurava que mudaria imediatamente de domicílio e aceitava que, a partir de então, a mãe tinha o direito de visitá-los sem aviso prévio, para confirmar que não houvesse nada estranho e que Luca estivesse bem.

Agora que tudo estava assinado, Enzo podia voltar a ver Luca, então quando buzinou, quando a porta da casa de sua ex-mulher se abriu e Luca saiu em disparada em sua direção, vê-lo pareceu uma espécie de milagre.

— Como você está, campeão? — Luca não respondeu. Fechou a porta do carro e lançou a mochila no assento traseiro. — Mas eu estou contente — disse Enzo —, e você vai adorar a casa nova.

Tinha mandado pintar o quarto do filho de preto, como ele tanto tinha pedido uns anos atrás.

— Você vai poder escrever nas paredes com giz — explicou, e o menino disse que não tinha mais cinco anos.

Embora o apartamento fosse pequeno e não tivesse jardim, estavam a sete quarteirões do centro, e Luca podia ir andando para o colégio. Disso o menino gostou; Enzo chegou a ver nele um breve sorriso.

Naquela primeira semana o apartamento novo tinha um cheiro esquisito e era difícil encontrar as coisas, mas estavam juntos, e isso era tudo pelo qual lutara. A imobiliária do bairro tinha encontrado inquilinos para a casa que haviam deixado. Eles a ocupariam no primeiro dia do mês seguinte, então, se Enzo queria resgatar algo dos trastes que tinham ficado no viveiro, devia fazer isso naqueles dias.

— O senhor também tem que nos deixar a sua chave — disse o homem da imobiliária —, sempre me esqueço de pedir.

Enzo acordou de uma longa sesta, sozinho no novo apartamento, e aproveitando que Luca continuava a ficar com a mãe aos finais de semana, levantou-se, fez um café, e decidiu que iria pela última vez até a antiga casa.

Já estava entardecendo quando chegou. Abriu as venezianas e acendeu as luzes. Vazia e recém-pintada, a casa estava mais ampla e triste do que nunca e, no entanto, ele pensou em quanto tempo aguentaria no novo apartamento antes de precisar desesperadamente regressar. Saiu para o pátio e abriu o viveiro, onde antes de partir, algumas semanas mais cedo, tinha deixado o kentuki em um canto, sobre o carregador. Ele ainda estava ali, imóvel. A luz de contato entre o kentuki e o carregador continuava acesa. Tinha pensado nele várias vezes, arrependido de não tê-lo jogado definitivamente no lixo. Por que o manteria vivo? Talvez apenas quisesse entender. No fim das contas, não existia nenhuma prova que corroborasse os medos de Giulia. Acendeu o interruptor e ficou um instante olhando o estado deplorável do viveiro. Um mato escuro e seco caía dos canteiros até o chão, uma pimenta tinha rodado para o centro da sala e apodrecia sozinha e mofada. Então escutou o telefone. Tocava dentro da casa. Deixou cair sua bolsa no chão e saiu do viveiro. Atravessou o pátio e entrou pela cozinha. Permaneceu um momento vendo o velho telefone de parede, a única coisa que havia na casa no dia em que chegaram com Luca pela primeira vez, e a única coisa que tinha deixado ao ir embora. Era um aparelho muito velho, e ainda assim continuava funcionando. Pegou o gancho. Uma respiração áspera e obscura o deixou arrepiado.

— Onde está o menino? — disse a voz em inglês, e Enzo levou um tempo para entender.

Onde estava seu filho? Se perguntou se tinha acontecido alguma coisa na casa da ex-mulher. Fez um esforço para manter o gancho grudado no ouvido. Foi a respiração do outro homem, entrando dentro de seu corpo, o que o ajudou a entender.

— Quero voltar a ver o Luca.

Enzo apertou o gancho com tanta força contra a orelha que doeu.

— Quero... — disse a voz. Enzo desligou.

Desligou com as duas mãos e não conseguiu mais soltar o telefone. Ficou assim, pendurado ao aparelho, que por sua vez estava pendurado na parede. Depois olhou a sala vazia e se obrigou a respirar, pensando na possibilidade de se sentar, mas sem poder fazer de fato nenhum movimento, lembrando-se de que ninguém o estava vendo, e que o kentuki ainda estava em cima do carregador, fechado no viveiro.

Quando o telefone voltou a tocar, ele deu um pulo para trás e ficou olhando para ele lá do meio da cozinha, imóvel, até que decidiu o que fazer. Saiu da casa e entrou no viveiro. O kentuki o esperava em seu carregador. Enzo abriu o armário em que tinham ficado as ferramentas e tirou a pá. Subiu no canteiro, afastou as plantas secas da superfície e começou a cavar. Fazendo um esforço para não virar a cabeça, vislumbrou o kentuki descendo do carregador e se afastando. Ele não podia ir para lugar nenhum; antes de pegar a pá, Enzo havia se certificado de que a porta estava fechada. Cavou até que o buraco lhe pareceu grande o bastante, jogou a pá para um lado e foi até a toupeira. Ela tentou se safar, mas não foi difícil capturá-la e erguê-la. As rodas giravam com desespero, para um lado e para o outro. Deitou-a na pequena sepultura, de barriga para cima. O kentuki balançava a cabeça, não conseguia mais mexer o resto. Enzo arrastou os montinhos de terra que tinham ficado ao redor do buraco e cobriu as laterais do corpo, a barriga e grande parte da cabeça. O resto de terra ele amassou contra os olhos, que nunca se fecharam. Bateu na terra com os punhos, com toda a força, até sentir algo ranger, ranger, e mesmo assim ainda tremer e mover-se de forma imperceptível. Pegou a pá outra vez, levantou-a no ar e golpeou a terra. Bateu repetidas vezes, deixando tudo compacto, até ter certeza de que, mesmo que um ser vivo pulsasse ali no fundo, nenhuma fenda voltaria a se abrir.

TOMARAM UM ÚLTIMO CAFÉ NA MERCEARIA.
— Quando você parte? — perguntou Carmen.
— No domingo — disse, e percebeu que ela era a única pessoa a quem tinha contado que iria antes, embora não tivesse deixado claro quando exatamente. Também não havia encontrado o momento para dizer a Sven.
— Você vai me abandonar neste inferno, *manita* — disse Carmen, e bebeu num só gole todo o café.
Abraçaram-se. Alina pensou que sentiria falta dela, afinal, sim, havia tirado algo de bom daquela fase em Vista Hermosa. Atravessaram juntas a praça principal e se despediram na frente da igreja. Alina voltou armando-se de paciência. Parecia uma tarde ideal para fazer muitas coisas, mas a grande inauguração do *artista* a esperava no Olimpo, atrás dos platôs.
Fazia uma semana que Sven estava internado na galeria principal, trabalhando com sua assistente. Seus galeristas catalães tinham contratado um fotógrafo para registrar toda a sequência de montagem e desde então Sven e o kentuki tinham praticamente desaparecido. Nas últimas tardes o Coronel Sanders nem sequer subia para vê-la na área dos quartos, ficava no ateliê até depois do jantar, socializando nas áreas comuns, talvez inclusive com outros kentukis. Sven tinha deixado definitivamente para trás seus monotipos e crescia a expectativa de uma instalação, mas Alina não tinha a menor ideia do que o *artista* estava tramando.
Encontrou o estacionamento repleto de carros, dois táxis pararam em caravana para deixar outro punhado de visitas, e embora ainda não tivesse anoitecido, a luz dos platôs já estava acesa. Passeando pela enxurrada de estranhos, perguntou-se que horas seriam. Perto

da galeria, deteve-se diante do reflexo de uma janela e ajeitou os cabelos. Também acomodou o vestido, as alças que subiam desde a cintura se amarravam atrás do pescoço. Quando as ajustou, descobriu que aqueles quase dois meses de saídas diárias para correr tinham feito maravilhas em seu corpo.

Chegando ao último lance de escadas, ouviu uma leva de aplausos, ela estava atrasada. Imaginou Sven ao lado da assistente, contendo a satisfação. Nunca tinham aplaudido assim os monotipos cinzentos do *artista*. Desviou das pessoas e entrou no hall central da galeria, onde vários garçons ofereciam champanhe. A mostra começava mais adiante. Seguiu até a primeira sala, onde o público estava se dispersando. Numa das paredes, a grande foto de Sven coroava sua biografia. Às vezes esquecia como ele era bonito; pensava nisso quando notou algo estranho, não havia nada em nenhuma das quatro paredes, brancas e largas. Nem uma única peça pendurada. Havia kentukis por todos os lados, inclusive uma coruja a seus pés, estudando-a. O piso estava coberto de círculos plásticos violeta e cada círculo continha uma palavra: "me toque", "me siga", "me ame", "gosto". E "faça doação", "foto", "basta", "sim", "não", "nunca", "outra vez", "compartilhar". Notou que estava parada sobre um "aproxime-se" e o kentuki que a olhava estava em um "me ligue". Trazia escrito na testa um número de telefone, aliás quase todos os kentukis tinham algo escrito: números, e-mails, nomes. Também tinham papéis colados nas costas. "Aqui é a Norma e procuro trabalho", "Somos uma associação sem fins lucrativos, doando apenas 1 euro..." Alguns traziam fotos, dólares, cartões de visita, tarefas. O kentuki que estava a seus pés chiou e girou sobre o círculo de "me ligue", Alina procurou um "não" por perto, mas os dois que encontrou já estavam ocupados. Parecia ter tanta gente quanto kentukis, e todos juntos compunham uma infinita sequência de chiados, conversas telefônicas e saltos erráticos de círculo em círculo. Havia muitos deles. Um homem ergueu um "me dê" no ar e girou para um lado e outro, como as moças que mostram os números no ringue.

— Você viu algum "nunca"? — uma mulher perguntou a ela.

Levava no peito uma dezena de "nuncas", que vinha coletando.

Alina negou, deu um pulo assim que entendeu que estava parada em um "te amo" e voltou a se movimentar para sair de um "me toque" e um "quero". Mas faltava espaço para não dizer nada, sempre se estava pisando em algo. Fugiu para a sala seguinte.

— Que legal! Não? — disse uma voz feminina ao passar.

Alina se virou, era a assistente, que lhe piscou um olho antes de se afastar para o hall. Será que a garota sabia, então, quem era ela? Será que sabia onde estava Sven? Quando quis perguntar, ela já estava longe.

A segunda sala era menor e estava menos concorrida. No centro, um pedestal de madeira sustentava um único kentuki, como se fosse um totem. Era um coelho. Alina se aproximou das duas telas que havia na parede. Depois se entendia que eram as caras do "amo" e a do usuário daquele pobre kentuki coelho, rígido e desligado sobre o pedestal. Na primeira tela, uma câmera avançava entre os pés das cadeiras de uma mesa de jantar, perto do chão. A tela do lado parecia ser o contraplano: um homem olhava para a câmera e trabalhava sobre um teclado. Sven teria se comunicado de antemão com aquele usuário, pedindo que colocasse uma câmera diante dele? Ou o usuário tinha se gravado espontaneamente, e o material havia chegado a Sven de outra maneira? Os olhos do homem se moviam de um ponto a outro da imagem, desciam às vezes ao teclado enquanto ele murmurava baixinho. A câmera cruzava agora um corredor. Havia algo de sujo, lascivo nos trejeitos do homem. Ele empurrou uma porta e se escondeu debaixo da cama, uma mulher estava fechando o armário enquanto terminava de tirar a roupa. O homem assoviou e pôs o telefone na frente da tela para registrar tudo. Alina imaginou a si mesma com Sven na cama, vistos pelos olhos do Coronel. Sabia que nada disso ia acontecer, tinha tomado todos os cuidados, tinha se prevenido daquele tipo de usuário desde o primeiro dia.

Ouviu risadas, outras três mulheres chegaram com suas taças de champanhe e Alina saiu para a sala seguinte. Ficou decepcionada ao encontrar mais ou menos a mesma coisa. Outro kentuki no centro do cômodo com suas telas de "amo" e usuário em uma das paredes. Não parou, passou direto à próxima sala.

No umbral, trombou com um homem que, depois de ajeitar os óculos, ficou olhando para ela por um momento, visivelmente alterado. Alina o viu se afastar, chocando-se com pressa contra as pessoas, de volta à sala principal. Uma intuição vaga e obscura a obrigou a respirar fundo. Olhou a sala. O kentuki estava de costas, mas o reconheceu logo. Talvez já soubesse mesmo antes de entrar. Como os outros kentukis, o Coronel Sanders estava cravado em seu pedestal. Reconheceu a queimadura em suas costas, a suástica na testa, o bico colado no olho esquerdo e as asas cortadas. Estava com os olhos fechados. Então Alina se viu na tela direita. Viu a si mesma se aproximar da câmera, usava seus shorts jeans e a camiseta que sua mãe lhe dera de presente antes de sair de Mendoza. Viu-se mais gordinha e isso não a incomodou. Na outra tela, um homem de uns cinquenta anos olhava o teclado, confuso. Era corpulento, tinha bigode e costeletas. Quando um menino de uns sete anos subiu no seu colo e lhe tirou o controlador, o homem deixou e ficou olhando para ele por um bom tempo, entre enternecido e surpreso com a facilidade com que o menino manobrava o kentuki. Na imagem da direita Alina se afastou para o banheiro. O menino a seguiu, desviando dos pequenos tapetes do ambiente e da cômoda dos fundos, mas Alina bateu a porta na sua cara e o homem que carregava o menino riu, fazendo cosquinhas em sua barriga. Em seguida a imagem mudou. Agora a câmera estava quieta diante da porta fechada do quarto da residência, e o menino esperava atento, sem se mexer. Atrás dele, uma mulher que podia ser sua mãe acomodava uma pilha de roupa em uma estante decrépita. Alina pensou em Sven. Não podia acreditar, ele a tinha estado observando o tempo todo, e todo aquele tempo não lhe dissera nada. Na tela do kentuki, a porta se abriu e Alina reconheceu as próprias pernas e seus tênis entrando no quarto da residência. Na tela ao lado, o menino aplaudiu feliz e chamou a mãe. As imagens voltaram a mudar. O homem ficou sem aparecer por um tempo, embora o menino estivesse sempre ali, gritando de alegria toda vez que Alina entrava na câmera. Às vezes ficava olhando para ela, fascinado, cutucando o nariz, e uma vez até adormeceu diante da tela. Esperava ansioso todos os dias para vê-la chegar da corrida, da biblioteca, de tomar sol, da mercearia, vê-la simplesmente acordar. Alina sentiu seu corpo se contrair, algo muito forte a puxava para trás, lhe pedia para sair daquele lugar imediatamente, enquanto as imagens continuavam a mudar. Viu a si mesma gritando com o menino pela câmera. Mostrando os peitos a ele. Prendendo-o para que não alcançasse a bateria. Às vezes o menino saía correndo e o lugar ficava vazio por um bom momento. Às vezes o menino estava vermelho feito um tomate, o rosto úmido de tanto chorar mesmo antes de Alina aparecer. Uma vez o pai entrou no quarto e obrigou-o a desligar tudo e sair com ele. Mas o menino sempre voltava. Estava ali, diante das decapitações, paralisado de terror; estava ali na tarde em que ela o pendurou no ventilador, cortou suas asinhas e, diante da câmera, pôs fogo nelas com o acendedor da cozinha. Estava ali na noite em que ela, entediada na cama e já sem saber o que fazer, ergueu-o do chão e, com a faca que tinha usado para almoçar, apunhalou seus olhos até riscar a tela.

 Alina deu dois passos para trás e tropeçou em algumas pessoas que olhavam perplexas para as imagens. Teve que empurrá-las para conseguir passar. Retornou à sala anterior, e à anterior àquela, até voltar para o hall principal. No centro, rodeado de admiradores, Sven mostrava um círculo no chão na frente dos diretores da residência. Alina ficou paralisada, com a respiração agitada. Olhava para Sven, via-o sorrir, receber os cumprimentos, e só conseguia pensar em todo o mal que queria fazer a ele. Mas ficou onde estava, sentia-se tão dura entre as pessoas, os círculos e os kentukis, que seu corpo lhe pareceu um novo conceito da exposição. Sven a tinha exibido em seu próprio pedestal, a tinha separado tão metodicamente em todas as suas partes que agora ela não sabia como se mexer. Um formigueiro fazia-lhe arder o corpo todo, inclusive por dentro, no peito, e ela se perguntou se não estaria tendo um ataque; de nervos, de pânico, de fúria. De exaustão. Sentia o impulso de gritar, mas não conseguia. Conseguia apenas se mover dentro de si mesma, como um verme de madeira arrastando-se pelos próprios túneis, criando um túnel num corpo absolutamente rígido. O que estava fazendo seu kentuki cravado no pedestal? E como teria sido apagado? Os pais o teriam desconectado? Teria sido Sven que pedira aquilo, para fechar sua exposição com chave de ouro? Ou tinha sido uma decisão do menino? Imaginou-o em seu quarto, olhando o próprio reflexo na tela preta.

Pensar, ela conseguia. Quando fechava os olhos, via seu Coronel. A chapa queimada e a superfície de pelúcia chamuscada pelo fogo. Perguntou-se em que lugar exato das costas o bicho teria suas omoplatas, e imaginou-se acariciando suavemente a cavidade entre os ossos, como seu pai fazia com ela quando era criança. Imaginou-se batendo na porta da casa do menino, o menino lhe dando a mão pequena, suave e suada, que se mexia às vezes dentro da sua. "Melhor sentar", ela dizia, "temos que conversar." O menino assentia e suas mãos se soltavam, sentavam-se. O banco de cimento estava cálido pelo sol, aquecia suas panturrilhas com ternura, lhes dava tempo. O menino estava atento, olhava para ela, precisava de qualquer coisa que ela tivesse para dizer. Era só abrir a boca e pronunciar quase qualquer palavra. Mas o verme conseguia apenas se arrastar por seus túneis internos, e ela estava cansada demais, já não podia se mover.

Abriu os olhos. O homem em quem tinha esbarrado antes de entrar na última sala andava agora em sua direção. Pensar, ela conseguia: pegaria um táxi. Correria até o ponto, subiria batendo a porta e deixaria que o carro mergulhasse nas ladeiras até Oaxaca. Na sala, alguém apontou para ela. Uma mulher a olhou e tapou a boca, como se estivesse assustada. Alina disse a si mesma que se seguraria com força no assento traseiro do táxi, que não se permitiria olhar para trás. As luzes de Vista Hermosa iriam se perdendo pouco a pouco, até que só pudesse ser entrevista, no ponto mais dourado do cume, a luminosa galeria do Olimpo. Ia se esquecer de todos aqueles deuses e, sem nenhum tipo de resistência, se deixaria cair na direção da terra. Ia se entregar. Dizia tudo isso a si mesma, mas não conseguia mais voltar a fechar os olhos. Respirava sobre os círculos, sobre centenas de verbos, comandos e desejos, e as pessoas e os kentukis a rodeavam e começavam a reconhecê-la. Estava tão rígida que sentia seu corpo ranger, e pela primeira vez se perguntou, com um medo que quase podia quebrá-la, se estava de pé sobre um mundo do qual realmente se podia escapar.

A marca FSC® é a garantia de que a madeira utilizada na fabricação do papel deste livro provém de florestas gerenciadas de maneira ambientalmente correta, socialmente justa e economicamente viável e de outras fontes de origem controlada.

Copyright © Samanta Schweblin, 2018
Copyright da tradução © 2021 Editora Fósforo

Todos os direitos reservados. Nenhuma parte desta obra pode ser reproduzida, arquivada ou transmitida de nenhuma forma ou por nenhum meio sem a permissão expressa e por escrito da Editora Fósforo.

DIRETORAS EDITORIAIS Fernanda Diamant e Rita Mattar
EDITORA Rita Mattar
ASSISTENTE EDITORIAL Mariana Correia Santos
PREPARAÇÃO Gae Breyton
REVISÃO Eduardo Russo, Paula B. P. Mendes e Laura Victal
CAPA Alles Blau
IMAGEM DA CAPA Julia Masagão
PROJETO GRÁFICO DO MIOLO Alles Blau
EDITORAÇÃO ELETRÔNICA Alles Blau e Página Viva

Dados Internacionais de Catalogação na Publicação (CIP)
(Câmara Brasileira do Livro, SP, Brasil)

Schweblin, Samanta
  Kentukis / Samanta Schweblin ; tradução Livia Deorsola. — São Paulo : Fósforo, 2021.

  Título original: Kentukis
  ISBN: 978-65-89733-08-9

  1. Ficção argentina I. Título.

21-59733
CDD – Ar863

Índice para catálogo sistemático:
1. Ficção : Literatura argentina   Ar863

Cibele Maria Dias — Bibliotecária — CRB/8-9427

1ª edição
3ª reimpressão, 2025

Editora Fósforo
Rua 24 de Maio, 270/276
10º andar, salas 1 e 2 – República
01041-001 – São Paulo, SP, Brasil
Tel: (11) 3224.2055
contato@fosforoeditora.com.br
www.fosforoeditora.com.br

Este livro foi composto em GT Alpina
e GT Flexa e impresso pela Ipsis em papel
Golden Paper 80 g/m² para a Editora
Fósforo em julho de 2025.